KB114622

드레곤 레이드 4

크레도 퓨전 판타지 소설

초판 1쇄 찍은 날 § 2017년 2월 15일
초판 1쇄 펴낸 날 § 2017년 2월 22일

지은이 § 크레도
펴낸이 § 서경석

편집책임 § 김슬기
편집 § 조은상

펴낸곳 § 도서출판 청어람
등록번호 § 제387-1999-000006호
등록일자 § 1999. 5. 31
어람번호 § 제1-2632호

주소 § 경기도 부천시 부일로 483번길 40 서경B/D 3F (우) 14640
전화 § 032-656-4452 팩스 § 032-656-4453
http://www.chungeoram.com
E-mail § chungeorambook@daum.net

ⓒ 크레도, 2016

ISBN 979-11-04-91212-2 04810
ISBN 979-11-04-91103-3 (세트)

※ 파본은 구입하신 서점에서 교환하여 드립니다.
※ 저자와 협의하여 인지를 붙이지 않습니다.
※ 이 책은 도서출판 청어람과 저작자의 계약에 의해 출판된 것이므로,
  무단 전재 및 유포·공유를 금합니다.

FUSION FANTASTIC STORY

크레도 퓨전 판타지 장편소설

드래곤
레이드

4

DRAGON
RAID

도서출판 청어람

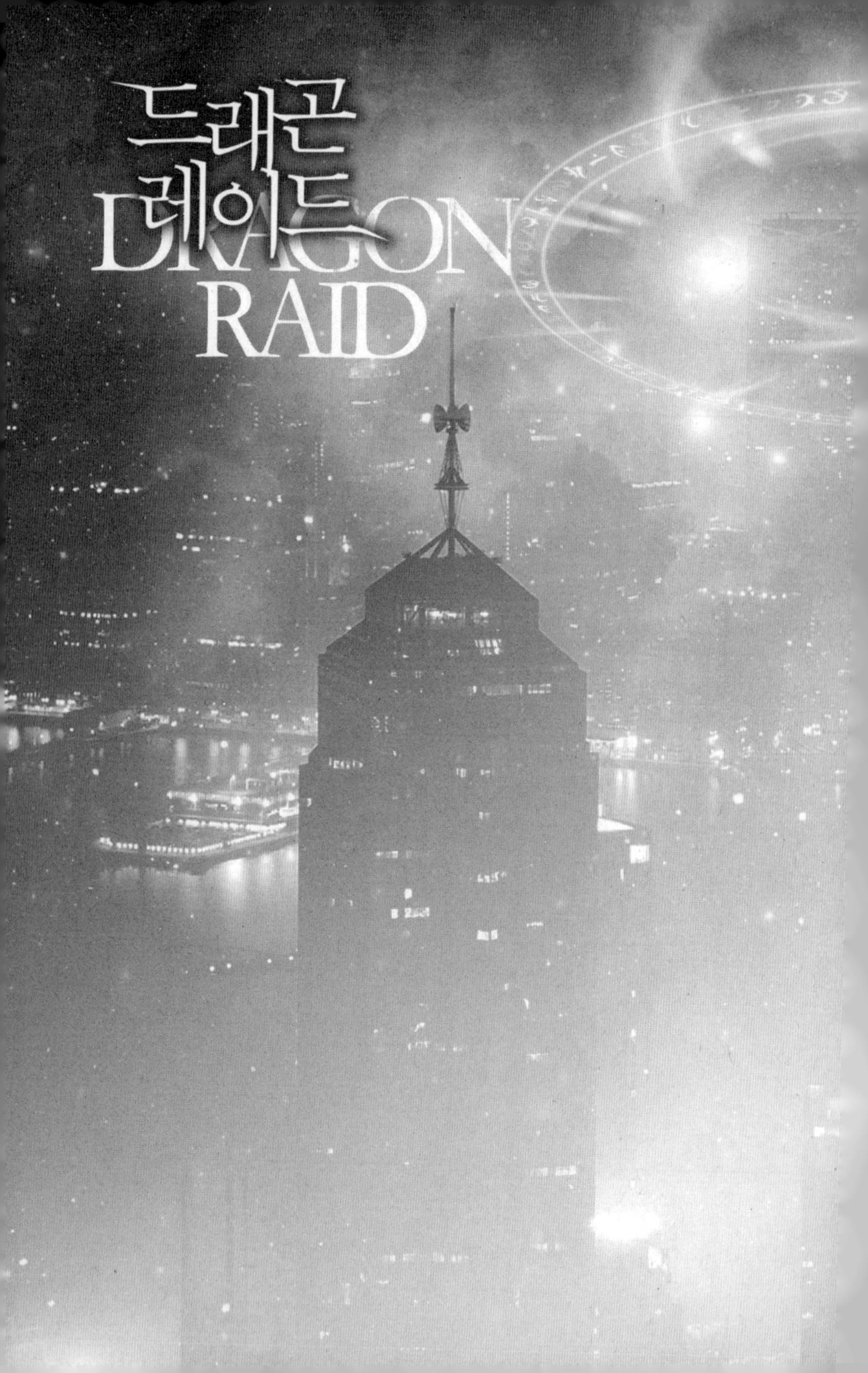
드래곤 레이드
DRAGON RAID

CONTENTS

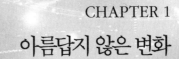

CHAPTER 1

아름답지 않은 변화

변했다.

그동안 벌어진 모든 일이 단순한 프롤로그처럼 느껴질 정도였다. 첫 번째 마석이 사라진 이후 아르케디아 온라인처럼 큰 변화가 있었다.

아르케디아 온라인 시절 첫 번째 마석 토벌은 오픈 베타 테스트 때 이루어졌고, 그 이후 대규모 패치와 함께 정식 서비스가 개시되었다.

지구에도 똑같은 변화가 이루어졌다.

네 개의 대도시와 소규모 도시들, 그리고 마을들이 출몰했고, 필드에 비활성 마석들이 대규모로 등장했다. 세이프리의 영향권 아래에 있는 마석은 30레벨까지였다. 세이프리와 멀어지면 멀어질수록 마석의 레벨이 높아졌는데 100레벨에 달하는 마석까지 발견되고 있었다.

신성은 집무실에서 유료 방송을 틀어놓고 업무를 보고 있었다. 아르케넷에서 방송되는 유료 방송을 통해 실시간으로 대도시를 볼 수 있었다. 이렇게 유료 방송을 통해 돈을 버는 아르케디아인도 제법 있었다.

[이곳이 엘브라스입니다! 2주 전에 갑작스럽게 생긴 대규모 숲 때문에 난리가 났는데요, 지구인들이 접근하고 있지만 역시 진입할 수 없습니다. 주변 마석은 50레벨 이상. 자원도 무척이나 풍부합니다. 필드에 몬스터도 있는데 레벨은 높지만 다행히 비선공 몬스터입니다.]

도심과 어느 정도 떨어진 곳에 대규모 숲이 보였다. 주변에 있던 시설물이 모두 나무에게 잡아먹혔고 숲은 아직도 커져 가는 추세였다.

[지금부터 엘프들의 고향 엘브라스로 들어가 보겠습니다.]

아르케넷을 통해 모험가 팔찌로 유료 방송을 하고 있는 묘인족 여인이었는데 숲 안으로 들어서자 여러 엘프들이 나무에서 모습을 드러냈다.

[당분간 출입이 통제되었습니다. 타 종족은 들어올 수 없습

니다.]

[해를 끼칠 의도는 없어요! 구경만 하면 안 되나요?]

[죄송합니다. 여왕님께서 하명하신 일이라 거스를 수 없습니다.]

묘인족 여인은 곤란하다는 표정을 지었다.

[한 가지만 물을게요. 에르소나 님은 안에 계신가요?]

[네, 고귀하신 분은 현재 엘브라스의 중심에 계십니다. 이만 돌아가 주십시오.]

묘인족은 밖으로 나올 수밖에 없었다.

[다음은 소론을 탐방해 보겠습니다. 묘인족들의 마을도 기대해 주세요.]

방송이 종료되었다.

신성은 세이프리의 정보창을 열었다. 정보창은 전에 비해 공란이 많아져 있었다.

'무단이탈이라……'

세이프리에 등록되어 있던 대형 길드들이 하나둘 사라지더니 이제는 찾아볼 수 없게 되어버렸다.

이주 신청을 한 뒤 특혜를 받은 부분에 대한 비용을 지급하고 떠나야 했지만, 에르소나와 소수의 길드를 제외한 많은 대형 길드가 그렇게 하지 않았다. 무단으로 살림살이를 모두 챙겨 떠난 것이다.

미국, 중국, 그리고 유럽 쪽으로 내려앉은 대도시는 확실히 세이프리보다 이점이 많았다. 기본적으로 50레벨 이상의 비활성 마석들이 주변에 나타났고, 좋은 랭크의 자원 마석 역시 발견되고 있었다. 무엇보다 세이프리에서는 찾아볼 수 없는 좋은 시설들이 많았다. [D] 랭크 이상의 스킬 서적도 그곳에서 찾아볼 수 있었다.

대도시도 세이프리처럼 갑작스럽게 이동되어 온 형식이었다. 상당히 혼란스러웠지만 아르케디아인들이 개입해 혼란을 진정시키면서 기득권 세력으로 진입하고 있었다. 그런 변화가 가장 두드러진 것은 역시 비르딕이었다.

휴먼족들이 얻은 귀족 작위는 비르딕의 선대 황제로부터 모두 인정받은 것이기 때문에 그대로 인정되고 있었다. 아르케디아인들을 중심으로 비르딕은 도시국가 체제로 전환되어 가고 있었다.

신성은 김수정의 정보 수집 덕분에 돌아가는 상황을 파악할 수 있었다. 그녀는 비르딕을 방문한 이후 현재 엘브라스에서 정보를 수집하고 있었다.

[메시지가 도착하였습니다.]

[루나와 자매가 된] 김수정 : 하이엘프, 다크엘프 대치 중. 협상이 진행될 것으로 보임. 지구인, 휴먼족에게는 배타적인 태도

를 고수하고 있음.

김수정으로부터 실시간으로 보고 문자가 오고 있었다.

'파벌 싸움이 시작될 수도 있다……'

달라졌다.

세이프리에서 모든 종족이 화합하여 몬스터 웨이브, 첫 번째 마석 공략을 하던 것과는 상반되었다.

엘브라스는 성역을 둘러싼 엘프와 다크엘프의 대립이 있었고, 소론은 각 수인족 수장들의 의견 다툼이 있었다. 그리고 드워프들 역시 여러 가지 내부 문제로 말썽이었다. 가장 빠르게 수습된 곳은 계급 체계가 명확히 잡혀 있는 비르딕이었다.

비르딕은 내부를 다지는 중이었는데, 벌써부터 봉쇄령을 풀고 지구에 대한 간섭을 해야 한다는 말이 나오고 있었다.

'골치 아프네.'

지구의 일반인은 기본적으로 휴먼족과 동일했다. 아마 1레벨의 휴먼은 건장한 지구인과 비슷할 것이다. 현재 비르딕은 미국의 그랜드 캐니언 근방으로 떨어져 그곳에 자리 잡고 있었고, 그 근방에 소규모 도시, 그리고 마을이 나타났다고 한다.

소규모 도시는 봉쇄령이 내려져 있어 일반인들이 오고 갈 수 없었지만 마을은 달랐다.

개방된 형태이기 때문에 미국 정부 측과 마찰이 있었지만 지금은 여러 정치인이 방문하고 있었다. 대선을 앞두고 있기 때문인지 정치적인 행보가 계속해서 이어졌다.

신성은 작게 한숨을 내쉬었다.

세이프리의 상황은 좋지 않았지만 활기만큼은 대단했다.

부활석의 효과로 많은 초보자가 몰려온 탓이다. 대도시들이 나타나기 전보다 오히려 인구는 폭발적으로 늘어나 있었다.

30레벨 이하까지는 안심하고 사냥할 수 있었고, 마력 코인을 통해 많은 돈을 벌 수도 있었다. 국제 기준으로 정해진 환전은 1C 당 1만 원 정도였다. 그 말은 1KC가 천만 원인 셈이니 신성의 생각보다 훨씬 높은 금액이다. 그 때문에 30레벨까지 안정적으로만 마력 코인을 수급해도 부자 반열에 충분히 들 수 있었다.

마력 코인의 값어치는 앞으로도 더욱 올라갈 것이다.

"과일."

"아, 고마워."

디아나가 과일을 접시에 담아왔다.

"디아나, 드래곤 레어에 전기를 공급하려면 어떻게 해야 하지?"

"마도 공학으로 가능, 마력 엔진을 만들어야 함."

"그렇군."

드래곤 레어에 전기를 공급해 보는 것은 도시 계획의 일환이다. 마도 공학을 통해 전자 기기를 보호하는 방법을 찾는다면 세이프리는 굉장히 편리해질 것이다.

대형 길드들이 부지를 비우고 사라진 덕분에 신성은 공백을 수습하는 형태로 사들여 아주 좋은 부지를 모두 확보할 수 있었다.

그곳에 대규모의 상점가를 만들고 도시 운영 포인트를 통해 마도 공학 시설을 만들 생각이다. 마도 공학 시설은 벌써 건설에 들어가 있었는데, 세이프리 재정으로는 충당할 수 없어 신성이 마력 황금을 투자하고 있었다.

상점가는 오늘부터 공사가 시작되었다.

아르케디아 주민뿐만 아니라 세이프리에 남기를 약속한 생산계 장인들이 대거 참여했다. 대형 생산계 길드는 사라지고 없고 남아 있는 길드는 소형 길드에 불과했지만 그들의 의리는 믿을 만했다.

마력 황금이 꽤 들었지만 사막 오크들로부터 마력 황금을 채취하고 있다는 말이 전해져 왔으니 신성은 더욱 과감한 투자를 하고 있었다.

"[E] 랭크 소형 마력 엔진 설계도 10KC, 현재 20% 할인 중."

"20% 할인?"

"보모 특별 할인 적용해 줌. 3일 남음."

보모 역할을 하기에 디아나는 드래곤 레어로부터 판매 수익을 받고 있었다. 신성이 레어로부터 무언가를 사면 디아나의 월급에 자동으로 적립되는 방식이다. 그다지 욕심이 없는 디아나였지만 최근 식기나 요리 도구, 그리고 청소 장비 같은 것들을 사는 것에 강한 흥미를 느껴 영업사원 같은 모습을 보여주었다.

디아나의 수입은 드래곤 레어를 더욱 풍요롭게 만들고 있었다.

'10KC… 원화로 따지면 1억이군.'

이제 10KC 정도는 아무것도 아닌 것으로 생각되었지만 지구의 돈으로 따져보면 결코 작은 돈이 아니었다. 그것에서 오는 괴리감은 상당했다. 지구의 돈이 돈처럼 느껴지지 않을 정도였다.

"여름 한정 특가품도 있음. 추천해 줌."

"뭔데?"

디아나가 정보창을 띄워 신성에게 보여주었다.

[D] 정열의 수영복(에픽)

특이한 점이 없어 보이는 여성용 수영복.

보통 수영복과 같은 재질로 보이지만 은은한 느낌으로 물에

젖을 수 있게 만들어져 있다. 속살이 환하게 비치게 될 것이다.

레드 드래곤 칼인트가 심혈을 기울여 만든 작품으로 유명하다. 칼인트는 보수적인 디자인 속에 싹트는 음란이야말로 최고의 아름다움이라고 생각하고 있다.

*연인과의 애정이 상승한다.

*착용자의 음란함이 상승한다. 주의할 것.

가격 : 1KC→700C(여름 특가품)(보모 추천 제품)

보모 사용 후기.

"젖을수록 시원해져서 좋음. 4.2/5점."

(사진 첨부)

고민할 필요 없었다.

"…둘 다 살게."

"좋은 선택!"

둘 다 구입한 신성은 드래곤 레어 밖으로 나왔다.

저택과 어느 정도 떨어진 숲에는 울타리가 쳐져 있었는데 그곳에 세계수의 씨앗이 심어져 있다. 마력 코인을 물에 녹여서 뿌려주어야 죽지 않고 자라날 수 있었다. 그야말로 돈을 땅에 쏟아 붓고 있는 것이다.

[F] 세계수

세계를 연결할 수 있다고 알려진 신비한 나무.

이제 막 싹을 틔우기 시작했다. 마력의 활력수를 지속적으로 공급하지 않으면 성장하지 못하고 죽을 수 있다.

*1단계 : 100KC/월

*관리자 : 골드레빗

은은한 푸른빛으로 물든 조그마한 싹이 보인다. 세계수가 능력을 발휘하려면 적어도 일반적인 나무 크기 이상으로 자라야 할 것이다. 그때까지 막대한 마력 코인이 소모되겠지만 그래도 투자할 가치가 충분했다.

'진행 상황을 확인해 봐야겠어.'

신성은 루나의 탑으로 가는 포탈을 열었다.

루나는 거의 집에 못 들어올 정도로 신전에 머물었는데 여러 가지 복잡한 외교 관계 때문에 자리를 비울 수 없었다. 게다가 신관을 희망하며 몰려오는 초보들이 많기도 했으니 쉴 틈이 전혀 없었다. 김갑진과 주요 신관들이 세이프리에 남아 있는 것이 다행이었다. 그들마저 빠져나갔다면 세이프리는 발언권조차 희미해졌을 것이다.

'그래도 다행이라면 눈치 볼 필요가 없어진 것이지.'

신성의 마음대로 도시를 뜯어고칠 수 있었다.

대형 길드가 있었다면 이권에 개입하여 간섭하거나 반대했겠지만 지금 세이프리에는 기껏해야 중형, 소형 길드 연합밖에 존재하지 않았다. 그마저도 생산계를 제외한 길드들은 세이프리에서 자금을 모은 후 떠날 채비를 하고 있었다.

신성은 그들이 다시 개입할 여지를 주지 않았다. 한 번 떠나간 이들은 언제든 떠나갈 수 있는 철새 같은 존재였다. 조금 무리하다 싶을 정도로 자금을 풀어 도시의 전반적인 기반을 장악했다.

세이프리가 성장하면 드래곤 레어가 성장했다. 드래곤 레어의 성장은 신성 본인의 전력 강화, 능력 강화로 이어졌다. 신성은 세이프리를 최고의 도시로 만들 생각이다.

자신을 위해서, 루나를 위해서, 그리고 드래곤 레어의 식구들을 위해서이다.

루나의 탑 밖으로 나오자 활기가 가득한 세이프리를 볼 수 있었다. 몰려온 초보 유저만 해도 3만 명이 넘어갔다. 계속해서 숫자는 올라가고 있는 추세였다. 첫 마석 공략 때 3천 명정도가 참여한 것을 생각하면 대단히 많은 숫자였다.

"파티 모집해요! 4레벨 이상, 어제 나타난 동대문 마석으로 갑니다!"

"힐러 구합니다! 조건 없이 무조건 7 : 3으로 아이템 정산해 드립니다!"

"힐러 구해요! 버스 태워 드려요! 저는 6레벨, 무기 랭크 F-입니다."

파티를 구하기 위해 루나의 탑 앞에 있는 광장에 많은 아르케디아인이 몰려와 있었다.

아르케디아 온라인과 마찬가지로 힐러는 귀족 대우를 받았다. 루나교의 신성 마법이 제일 뛰어났으니 일반적으로 힐러라면 보통 루나교의 신관을 떠올렸다. 마법 계열도 치료술사가 있기는 하지만 신성 마법에 비할 바가 아니었다. 엘프의 정령술도 한계가 있었다. 신성 마법은 공격 능력이 거의 없는 대신 치료와 버프에만 특화되어 있었다.

신성은 일단 다른 도시로 루나교가 진출하지 않도록 루나와 입을 맞춘 상태였다. 차후에 있을 대도시 회담에서 루나의 발언권을 높여줄 것이 분명했다.

'정치는 질색인데…….'

첫 번째 마석에서 한 것처럼 몸을 쓰는 것이 그의 취향이다. 이런 머리싸움은 그의 특기가 아니었다. 돈을 버는 것은 즐거운 일이기는 하지만 말이다.

신성은 공사가 한창인 연구 단지로 향했다. 연구 단지라고 해봤자 아르케디아 주민인 마법사들이 몰려 있을 뿐이고 그 수준은 높지 않았다.

"빨리빨리 움직여!"

"자재가 부족해! 더 없는 거야?"

"도착할 시간이 지났는데… 아무래도 문제가 생긴 것 같습니다!"

드워프들과 수인족이 거대한 마력 망치를 들고 마도 공학 시설을 건설하고 있었다. 생산계 길드 연합의 아르케디아인도 있었고 기존 세이프리의 주민도 있었다. 세이프리 아카데미 소속의 교관이나 학생들도 참여하고 있었는데 세이프리가 기울어지고 있는 것을 느끼고 있기 때문에 자원한 것이다.

"오! 자네 왔는가?"

"안녕하십니까, 고르임 님."

"하하, 그리 딱딱하게 굴지 말게나."

기사대장 고르임이 들고 있던 커다란 기둥을 내려놓으며 말했다. 그 역시 기사들을 대동하고 세이프리 아카데미에서 나와 작업을 돕고 있는 것이다. 몬스터 웨이브 당시 아카데미 입구에서 잠시 이야기를 나눠본 사이지만 근래 들어서 상당히 친해졌다.

"자네의 길드 덕분에 세이프리는 위기를 넘기고 더 큰 가능성을 보게 되었네. 여신님도 자네에게 축복을 내려주실 것이 분명해. 하하!"

축복이라면 매일 밤 아주 뜨겁게 받고 있었다.

"세이프리 소속이라면 당연히 해야 할 일입니다. 공짜로 돕는 것도 아니니까요. 투자입니다."

"골드 드래곤이라는 이름에 걸맞은 배포이기는 하지만… 자네 길드도 많이 힘들겠군."

"괜찮습니다."

골드 드래곤은 신성이 위장으로 세운 길드 이름이다.

명목상으로는 대형 길드였지만 실제로는 비어 있었다. 일꾼들과 마력 분신, 디아나의 정령들까지 포함해 인원수를 아슬아슬하게 맞췄고, 자금력으로 단숨에 대형 길드의 지위를 얻을 수 있었다.

세이프리의 많은 이들이 첫 마석 퀘스트에서 이득을 많이 본 상인 연합 정도로 알고 있었다.

"아무튼 나와 기사들, 그리고 세이프리 주민들은 자네에게 모두 고마워하고 있다네. 자네에게 행운이 깃들길 바라네."

고르임은 그 말을 마치고는 씨익 웃더니 다시 일을 하러 갔다.

단물만 쏙 빼먹고 날아버린 여러 대형 길드와 상인 길드 탓에 세이프리는 한차례 휘청거렸다.

여러 가지 발전 계획이 연달아 취소되었고, 대형 길드들이 투자 받은 세이프리 주민들의 마력 코인을 꿀꺽하고 사라졌다.

큰 타격을 받았지만 신성이 상점가, 마도 공학 시설 건축에 나사며 세이프리의 지원과 함께 그들의 재료를 구매해 주어 간신히 무너지는 것은 막을 수 있었다. 현재는 다행히 초보 모험가의 대량 유입으로 상황이 나아지고 있었다. 하지만 대부분 10레벨 미만이라 질적인 측면은 기대하기 어려웠지다.

'다시 올 필요가 없는 초보 도시라 그냥 날아버리면 된다고 생각한 건가.'

신성의 눈동자에 분노가 감돌았다.

세이프리에 피해를 준다는 것은 드래곤 레어를 향해 선전 포고를 하는 것과 같았다.

*   *   *

신성이 가장 열받는 것은 자금 때문이 아니었다.

먹튀 행위로 인해 세이프리를 위기로 몰아넣은 것도 아니었다. 분노가 치밀어 오르기는 했지만 참아낼 수 있는 수준이었다. 그러나 그들이 루나를 얕보고 조롱하며 떠나가서는 안 되었다. 그들은 루나가 절대적인 선 성향이기 때문에 아무런 반격도 하지 않을 것을 너무나 잘 알고 있었다. 루나는 마음 아파했지만 묵묵히 감내하고 있을 뿐이다.

그들은 언젠가 마땅한 대가를 받게 될 것이다. 드래곤의 분노는 상대가 완전히 파멸할 때까지 꺼지지 않았다.

신성에게는 마석에서 습득한 수많은 레어 아이템이 있었다. 그리고 무궁무진한 발전을 이룰 수 있는 캐시 아이템도 있었다.

반드시 세이프리가 세상의 중심이 되도록 만들 것이다.

"후……."

숨을 내쉬었다. 살기로 얼룩져 있던 눈빛이 다시 잠잠해졌다. 신성은 건설 현장 안으로 진입했다. 아직 초보적인 마도 공학 시설이지만 완성만 된다면 빠르게 발전해 내갈 수 있을 것이다. 비르딕에는 마탑이 있지만 그들은 마도 공학 쪽으로는 기초적인 지식밖에 가지고 있지 않았다.

안으로 들어가자 설계도를 보며 토론 중인 마법사들이 보였다. 세이프리 아카데미의 학자들인데 누구보다도 열정적으로 신성의 마도 공학 투자 계획에 참여하고 있었다. 그들은 신성이 보통 존재가 아님을 어렴풋이 눈치채고 있었다. 신성에게서 느껴지는 마력은 결코 평범한 종족 따위가 흉내 낼 수 있는 것이 아니기 때문이다.

그들은 루나의 사람이었다. 루나를 따를 것을 일찍이 맹세하여 세이프리 발전에 계속해서 기여해 왔다. 루나는 그들에게 지혜와 긴 생명을 주었다. 그들은 아마 일반적인 휴먼족보다 오랜 세월을 살아왔을 것이다.

맹세의 흔적은 드래곤의 눈에도 뚜렷하게 보였다. 루나의 성향에 영향을 받아 그들의 성향은 선이었다. 루나의 품에서 벗어난 순간 영혼이 망가지겠지만 루나는 그것을 원치 않을 것이 분명했다.

신성이 나타나자 마법사들은 토론을 멈추고 신성에게 예를 갖춰 인사했다. 신성은 그들의 그런 태도가 부담스럽기는 했지만 내색하지는 않았다.

"고생이 많으시군요."

"허허, 고생이라니요. 말년에 이런 연구에 참여할 수 있어 영광일 뿐입니다 이 쓸모없는 노인네가 도움이 되어야 할 텐데요. 허허허."

신성의 말에 백발이 가득한 노인이 말했다. 흰 수염을 길게 기르고 있었는데 전형적인 마법사의 모습이다. 그의 이름은 사르키오로 세이프리 아카데미에서 기초적인 마법을 가르쳐주는 교수였다. 세이프리에서 가장 존경받는 마법사답게 다른 마법사들도 그의 의견에 항상 귀를 기울였다.

신성이 그를 영입한 이유는 그가 휴먼족이 주로 쓰는 써클 마법에 정통했기 때문이다. 위력은 약하지만 다양하게 응용할 수 있는 써클 마법은 마도 공학과 잘 어울렸다.

사르키오와 마법사들의 표정이 좋지 않았다. 신성이 무슨 문제가 있느냐고 묻자 잠시 머뭇거리다가 사르키오가 입을 떼었다.

"설계도대로 마법진을 구축하였으나 제대로 작동을 하지 않고 있습니다. 몇 번이나 재계산을 하고 마력의 흐름을 검토해 보았지만 발동을 하지 않더군요. 마도 공학을 연구하기에…제 수준이 미달하는 것 같습니다."

사르키오는 자존심이 많이 상한 것 같았다. 그러나 자신의 부족함을 바로 인정했다.

현 마도 공학 시설은 도시 운영 포인트로 부여받은 설계도를 바탕으로 지어지고 있었다. 시설의 중앙에는 마도 공학의 근간이 되는 마력 엔진이 배치되어야 했다. 그래야 마력이 전 시설로 유통되는 마도 공학 시설이 완성되는 것이다.

"괜찮습니다. 너무 급하게 서두르지 않아도 됩니다. 여기까지 온 것만으로도 대단한 일입니다."

마도 공학은 이제 막 시작되는 단계였으니 너무 조급해할 필요는 없었다.

신성은 큰 기대는 하지 않았으나 마력 엔진에 대한 진척도가 생각보다 크자 살짝 놀랐다. 마도 공학에 대한 기반조차 없었는데 이 정도나 해낸 것이다.

'루나가 아끼는 사람들답군.'

아마 몇날 며칠 밤을 새웠을 것이다.

신성은 마법사들 앞에 있는 마력 엔진의 설계도를 바라보았다. 마법진이 그려진 톱니바퀴가 여기저기 맞물려 있고 중간에 중급 마정석이 달려 있었다.

설계도 자체는 괜찮은 편이었지만 드래곤 레어에서 구입한 것보다는 훨씬 질이 떨어졌다.

드래곤의 눈동자로 보니 허술한 곳이 뚜렷하게 보였다.

신성은 설계도를 바라보다가 마력을 일으키며 손을 대었다.

"이곳의 술식을 바꾸고… 배치를 다르게 해야 할 것 같군요. 계산은 맞았으나 전체적인 방향이 어긋났습니다. 이렇게 하면……."

신성이 마법진을 고치며 설명해 주자 사르키오를 포함한 모든 마법사가 감탄하며 눈을 빛냈다. 그들의 눈빛에는 신성에 대한 존경이 가득했다. 백발이 지긋한 노인들이 그런 눈빛으로 바라보는 것은 여간 불편한 것이 아니었지만 순수한 열정이 느껴져서 기분은 나쁘지 않았다.

그들의 질문에 신성은 자세하게 대답해 주었다. 마법사들이 수첩에 신성의 말을 받아 적는 광경은 제법 기묘했다.

[드래곤의 힘으로 설계도를 업그레이드하였습니다.]
*[F-] 허름한 소형 마력 엔진→[F] 소형 마력 엔진

설계도가 완벽에 가깝게 바뀌었다.

"오오, 대단하십니다! 이런 정교하고 완벽한 구성은 처음 보

았습니다!"

"지금 당장 드워프들에게 부품을 공급받아야겠습니다. 오늘 안에 만들 수 있을 것 같군요."

"써클 마법에 응용한다면 한 단계 발전할 수도 있을 것 같습니다. 우리 세이프리 학파가 마탑을 눌러 버릴 그날도 멀지 않았군요."

사르키오를 포함한 모든 마법사가 무릎이라도 꿇을 기세이다. 모두 신성을 바라보았다. 마치 신을 영접하는 것 같은 모습이다. 신성은 무언가 이들에게 한마디해 줘야 할 것 같은 압박감을 느꼈다.

"비르딕의 마탑, 그런 것 따위보다 훨씬 위대한 성역이 이곳에 지어질 것입니다. 마탑의 마도사들이 무릎을 꿇으며 가르침을 청할 날이 머지않았습니다. 세이프리는 더 위대해질 것이고 세계의 중심이 될 것입니다."

"맞습니다!"

"허허! 좀 더 힘을 냅시다!"

"옳으신 말씀입니다!"

신성의 말에 마법사들이 환호했다. 주변에서 일하던 사람들도 고개를 끄덕이며 박수를 쳤다. 신성은 동기 부여를 확실히 해야 한다고 생각했다.

"작업 속도가 예상보다 훨씬 빠르니 완공되면 바로 특별 보너스를 지급해 드리도록 하겠습니다."

"오오!"

"와아!"

"감사합니다!"

박수는 점점 커졌다. 신성을 중심으로 모두 둥글게 모여 더욱 큰 환호성을 내질렀다. 루나의 탑까지 들릴 정도로 컸다.

[세이프리 주민들의 충성심이 상승하였습니다.]

[루나에 대한 믿음이 증가합니다.]

[세이프리 주민들이 탐욕의 신에 대한 존재를 어렴풋이 느낍니다. 신전을 세운다면 신앙심을 획득할 수 있습니다.]

효과는 확실히 있었다. 동기 부여를 넘어 충성심까지 이끌어냈다. 신의 목소리와 드래곤의 지배력이 만난 절묘한 효과이기도 했다.

신성은 주민들의 환호를 받으며 상업 특구 쪽으로 걸음을 옮겼다. 상업 특구가 제일 복잡했다. 많은 아르케디아인들이 모여서 장사를 하고 있었다. 기존에 있던 상인들은 모두 떠나 초보자가 대부분이었다. 확실히 줄어든 경제 규모가 느껴졌지만 신성은 신경 쓰지 않았다. 이곳은 미래 상업 중심이 될 것이다.

'아직 기초적인 아이템들이군. 이제 강화석이 등장하는 걸 보면 마석도 클리어해 나가고 있는 모양이야.'

부활석이 있으니 부담 없이 모험을 즐길 수 있었다.

30레벨 이후부터가 문제이기는 하지만 세이프리의 영향력을 확대하여 부활석을 늘려가는 방향으로 정하면 해결될 일이다. 하지만 대규모 이탈 현상 때문에 영향력이 줄어든 현재의 세이프리로서는 조금 힘든 일이었다.

신성이 초보자들이 파는 물건들을 둘러볼 때였다.

"오, 대박! 속성석이랑 중급 마정석이네요?"

"이거 어디서 얻었어요?"

"부활석 주변에 보라색 비활성 마석들이 있더라고요! 거기 드롭템이 장난 아니에요! 자원도 풍부하고 안도 엄청 넓어요!"

"오! 정식 오픈 이벤트였던가? 생각이 날 것도 같은데."

"기간도 아직 한참 남았어요. 친구들이랑 다시 가려고요."

중급 마정석과 보기 드문 속성 보석을 들어 보이며 초보 아르케디아인 하나가 경험담을 말하기 시작했다.

신성은 떠오른 것이 있었다.

바로 정식 오픈 기념 자원 이벤트였다. 여러 초보 유저들과 같이 밤을 새워 신나게 자원을 채취하던 신성이다.

낮은 확률로 진귀한 재료가 나오기 때문에 조마조마한 마음으로 곡괭이를 휘두른 것도 나름 즐거운 경험이었다.

당시에는 모든 유저가 협동하며 순서대로 진행했다. 길드나 어떤 집단의 이권 개입 따위가 없는 순수한 시절이었다.

'하필이면 이런 시기에……'

단순하게 생각해 보면 세이프리의 입장에서는 대단히 좋은 일이었다. 질 좋은 재료는 상업 특구에 활력을 불어넣어 줄 것이고 큰 거래들이 성사되면 세이프리의 부족한 재정에 보탬이 될 것이다.

그러나 막 초보자들이 레벨 업을 시작하고 세이프리가 발전해 나가려는 지금은 타이밍이 좋지 않았다.

중급 마정석은 높은 랭크의 아이템을 만드는 데 들어가는 재료였고, 속성석은 낮은 랭크라도 가치가 대단히 높았다. 메인 퀘스트 무대에서도 잘 나오지 않는 것이 속성석이다. 무기에 속성을 부여하는 것만으로도 전력을 확 끌어올릴 수 있었기에 누구나 탐내는 광물이다.

신성은 아르케넷에 접속해서 보라색 마석에 대해 검색해 보았다.

많은 게시 글이 떠올랐다. 초보 유저들이 순수한 마음으로 정보 공유를 해놓은 것이 대부분이었다.

'화염, 물, 대지, 바람… 4대 속성이 모두 나오는군.'

인증 사진이 올라왔다. 초보자의 로브를 입은 아르케디아인이 속성석 두 개를 손에 들고 웃고 있다.

초보자에게는 과분한 것들이다.

속성석의 랭크도 준수한 편이었고, 드문 확률로 높은 랭크의 속성석도 나오고 있었다. 인증 사진 속 아르케디아인이 획득한 속성석은 [D-] 랭크의 에픽 아이템이었다.

보라색 마석은 세이프리 영향권 아래에 있으니 세이프리의 것이라고 주장할 수도 있겠지만 애초부터 마석이 어느 곳의 소유로 되기에는 모호한 구석이 있었다.

'좋지 않아.'

이제 막 세이프리가 간신히 안정 궤도에 오른 상황이다. 세계수, 마도 공학, 상업 특구 등은 이제 시작되었다. 다른 세력의 간섭을 받는 것은 좋지 않았다.

자칫 잘못해서 대도시 간의 전쟁으로 이어진다면 세이프리는 큰 타격을 입을 것이다. 아무리 신성이라도 무수한 공세 앞에서는 무사할 수 없었다.

'그들이 과연 가만히 놔둘까?'

첫 번째 마석에서도 이렇다 할 성과를 내지 못했다.

레벨 업을 했다지만 아이템도 획득하지 못했다. 대형 길드 모두가 똑같은 상황이기 때문에 균형이 유지되고 있었다.

그러나 속성석, 중급 마정석, 그리고 그 밖에 희귀한 재료가 등장하는 마석은 한순간에 균형을 깨버릴 정도였다. 대도시의 세력을 등에 업고 있는 대형 길드가 그것을 무시할까?

욕심을 부릴 것이다. 세이프리는 초보자들만 모여 있는 만만한 곳이 되어버렸고, 이동해 온 다른 대도시의 전력은 세이프리보다 훨씬 앞서 있었다.

'루나의 가호가 있기는 해도 상대가 완전히 적이 된다면……'

루나의 가호는 도움이 되지 못할 것이다.

완전히 다른 세력이라면 선전포고, 적대적 행위를 통해 루나의 가호를 관통하여 공격할 수 있었다. 20레벨 미만도 타격을 입을 수 있는 것이다.

루나를 적으로 돌리는 행위였고, 세이프리 입장에서 그들은 몬스터와 같은 적으로 인식되게 된다.

'다른 대도시들이 다른 나라에 있는 만큼 당장 반응을 보이지는 못하겠지만……'

그러나 세이프리 영향권 밖에는 다른 도시 소속 길드들이 있었다. 아이템을 처분하며 그들이 속한 곳으로 철수하는 중이다.

[세이른 길드가 천공의 도시 세이프리에 선전포고를 하였습니다.]

*세이른 길드가 적으로 분류됩니다.

*세이프리의 영향권 내에서 세이른 길드(적)의 공격력이 약해

집니다.

*세이른 길드(적) 앞에서 루나의 가호는 효력을 잃습니다.

*세이른 길드(적)는 세이프리의 부활석을 사용할 수 없습니다.

*전쟁 상태에서는 성향 하락률이 감소합니다.

그런 정보창이 세이프리에 떠올랐다.

신성의 생각보다 그들은 순수하지 못했다.

"뭐, 뭐야?"

"세이른 길드?"

"레드 소드의 하위 길드이던 곳 아니야?"

"갑자기 왜……."

초보자들이 웅성거리기 시작했다.

길드가 도시에 선전포고하는 일은 보통이라면 절대 일어나지 않는 일이다. 길드와 도시는 규모 자체가 다르니 자살행위에 가까웠다. 그러나 세이프리의 현재 상황에 대해 그들은 너무나 잘 알고 있었다.

철수하기 전에 충분히 한몫 챙길 수 있다고 생각한 것이다.

휘이이이!

루나의 탑에서 빛줄기들이 떨어져 내렸다.

빛줄기는 세이프리로 귀환하는 초보자들이었다. 정상적인

귀환은 결코 아니었다. 죽음을 맞이하고 부활석의 힘으로 귀환하여 되살아난 초보자들이다.

"이런 개자식들!"

"다짜고짜 죽이다니 미친 거 아냐?"

"아, 열받네."

필드로 나간 초보자들이 죽어나가고 있었다.

CHAPTER 2
악신의 강림Ⅰ

신성은 루나의 탑으로 이동했다.

루나의 탑으로 초보자들이 계속해서 강제로 귀환당하고 있었다. 겁에 질려 있는 자들도 있었지만 대부분 분노를 토해 내고 있었다. 마석 안에서 캐낸 자원조차 모조리 빼앗겨 버리고 입고 있던 장비마저 강탈당한 자들이 대부분이었다.

"도와주세요! 제, 제 치, 친구가……!"

여성 엘프가 눈물을 흘리며 도움을 청하고 있었다. 여기저기 찢어진 옷을 입고 있었는데 무슨 일이 있었는지 대충 짐작이 되었다. 초보자들은 얼굴을 일그러뜨리며 아르케넷에 관련

된 일을 올렸지만 별 도움은 되지 않았다.

10레벨도 안 되는 그들이 몰려가서 반항해 봤자 압도적인 무력 앞에 계속해서 죽을 뿐이었다.

으득!

절로 이가 갈렸다. 부활석이 없었다고 해도 그들은 분명 똑같은 짓을 했을 것이다.

신성은 적어도 세이프리에서는 이런 일이 일어나지 않기를 바랐다. 종족, 레벨, 이해관계를 떠나 서로 평등하게 지냈으면 했다. 루나가 바라는 세이프리의 모습이고 신성도 지켜나가고 싶어한 모습이다.

서로 죽이는 전쟁은 아르케디아에서는 없었으면 했다. 그러나 무척이나 작은 규모이기는 하지만 벌써 전쟁이라는 단어가 등장해 버리고 말았다.

신성은 루나의 탑을 바라보았다.

루나와 신관들이 빛무리와 함께 나타났다. 갑작스러운 전쟁에 김갑진을 포함한 신관들의 얼굴은 일그러져 있었다. 루나는 죽임을 당하는 초보자들의 비명이 들리는지 고통스러운 표정이다.

루나가 세이프리를 주관하는 신으로서 짊어지고 있는 고통이 신성의 눈에는 보였다.

신성의 표정이 급격히 굳어갔다. 차갑게 가라앉은 눈에서는 황금빛 기운이 감돌고 있었다. 주변의 온도가 급격히 내려가며 공기가 얼어붙는 것 같은 착각마저 일었다. 신성의 주변에 있는 이들이 침을 꿀꺽 삼키며 뒤로 물러났다.

김갑진은 신성을 발견하고는 여러 표정이 교차했다.

'이신성······.'

대형 길드와 연관되어 있을 때, 그에게 있어 신성은 경계할 대상이자 가장 큰 난관이었다. 그러나 루나의 곁에 남아 루나교를 책임지기로 한 이상 신성과 그는 같은 편이었다. 이 이상 든든할 수 없었다.

김갑진은 신성과 루나가 상당히 밀접한 관계에 있다는 것을 어렴풋이 눈치채고 있었다. 그러나 그와 신성은 아직 서로 일면식도 없는 상태였다.

일방적으로 김갑진이 신성에 대해 아는 것에 불과했다.

"김갑진 님."

신성이 김갑진을 불렀다.

분명 그의 이름이었다.

차가운 목소리에 김갑진은 흠칫 놀라면서 신성을 바라보았다. 자신의 이름을 부른 것에 불과하지만 항거할 수 없는 힘이 느껴졌다. 루나와는 종류가 다른, 위에서 찍어 누르는 듯한 감각이다.

"이곳의 수비를 부탁해도 되겠습니까?"

"네, 물론입니다. 세이프리 기사단 분들이 있으니 길드 수준의 전력으로는 침입할 수 없을 것입니다. 그러나 현 시점에서 세이프리 밖으로 나가는 것도 불가능하겠지요. 지금 전력은 그게 다이니까요."

"그걸로 충분합니다."

이곳만 지켜진다면 그걸로 충분했다.

신성은 루나를 바라보았다. 루나는 걱정스러운 기색이 가득했다. 앞으로 무슨 일이 일어날지 알고 있기 때문이다.

"루나, 적이 있는 곳으로 이동시켜 줘."

"신성 님, 하지만……."

"포탈을 열어 줘."

루나는 손을 꽉 쥐더니 고개를 끄덕였다. 루나의 탑이 빛나더니 신성의 앞에 포탈이 생성되었다. 루나의 권능으로 만든 이 포탈은 적이 있는 곳까지 바로 이동이 가능할 것이다.

신성은 바로 포탈 안으로 들어갔다. 루나가 곁에 있기 때문에 감정을 폭발시키지는 않았다. 그러나 이제는 참을 필요가 없을 것이다.

포탈을 지나자 보라색 마석이 보였다. 통제되어 있는 도로에서 초보자들을 향해 무기를 휘두르는 자들 역시 보였다. 초보자들은 반항조차 하지 못하고 그대로 쓰러졌다.

"오, 엘프를 꽤 많이 잡았네."

"길드장님이 비르딕으로 데려가자는데……."

"근데 그게 괜찮은 거야?"

"어차피 다른 세력이잖아? 뭐, 어때? 이곳에 올 일도 없을 텐데. 비르딕 같은 대도시에 정착하려면 이 정도 성의는 보여야지."

마석에 있던 초보자뿐만 아니라 주변에서 재료 수집 중이던 초보자들까지 학살당하고 있었다. 게다가 엘프나 수인족 여성 같은 경우에는 일부러 움직이지 못할 정도로 상처를 입힌 다음 마석으로 끌고 갔다.

신성도 생각하지 못한 비윤리적인 행위였다. 비르딕으로 데려간다면 그곳에서 무슨 짓을 당할지 상상이 되었다.

'다른 세력, 다른 종족……'

얼마 전까지만 해도 같은 인간이었다. 그러나 그들은 이미 그것을 잊은 것 같았다. 같은 아르케디아인이라는 연대감은 사라져 가고 있었다. 주요 종족들의 대도시가 출현한 시점에서 어쩌면 당연한 결과인지도 몰랐다.

"하하, 여기 숨어 있었네."

"사, 살려……."

세워져 있는 자동차 옆에 숨어 있던 견인족 여성이 덜덜 떨며 세이른의 길드원을 바라보았다. 6레벨에 불과한 견인족 여성은 초보 전사였다. 파티원은 이미 죽어서 세이프리로 귀환한 모양이다.

'마석 주변에 서른 마리, 마석 안에 더 있겠지.'

평균 34레벨이었다.

비활성 마석에서 상당히 레벨 업을 한 것 같았다. 당연히 초보자들은 그들의 상대가 될 수 없었다. 무기도 상당히 괜찮은 것들이고 강화도 제대로 되어 있으니 저들의 입장에서 초보자들은 잡몹 수준도 되지 않았다.

그들은 뭐가 그리 즐거운지 초보자를 희롱하며 낄낄거렸다. 자신들을 통제할 법도 없으니 그 행위는 대단히 심각한 수준에 도달해 있었다.

"벗겨봐. 견인족도 비슷할까?"

"휴먼족이나 견인족이나 벗겨놓으면 똑같을걸."

신성은 놈들을 향해 다가갔다.

아예 주변 경계조차 하지 않고 있었다. 세이프리는 현재 초보자가 대부분이라는 것을 잘 알고 있는 것이다. 소형 길드들이 남아 있기는 하지만 저들에게 상대가 안 될 것이다.

"야, 루나는 다르지 않을까?"

"흐흐, 그렇겠지. 명색이 신인데."

차갑게 가라앉았던 마음에 커다란 파문이 일었다.

드래곤 하트가 거세게 뛰기 시작했다. 신성의 황금빛 눈동자에서 살기가 일렁이며 막대한 마력이 뿜어져 나왔다.

드래곤 하트는 저 하찮은 존재들에게 벌을 내리라고 속삭이고 있었다.

신성이 참아야 할 이유는 존재하지 않았다.

"뭐, 뭐야?"

"응?"

신성의 걸음 소리가 유난히 크게 울려 퍼졌다. 주변의 모든 잡음이 사라지고 오로지 그 소리만 들렸다.

견인족 여성을 희롱하고 있던 놈들이 신성을 향해 고개를 돌렸다. 검은 로브를 입고 있는 신성에게서 놈들은 불길함을 느꼈다. 분명 자신들의 숫자가 압도적으로 많음에도 기세에서 밀리는 느낌이다.

무기를 들고 있는 손이 덜덜 떨렸다. 자신들이 어째서 떨고 있는지도 몰랐다.

신성의 검은 로브가 흔들렸다. 신성의 몸이 순식간에 뻗어 나가 놈들의 앞에 도착했다. 검을 들고 있던 놈이 당황하며 검을 휘두르려 했지만 이미 늦어버렸다.

휘익!

마력이 가득 담긴 신성의 주먹이 놈의 얼굴에 꽂혔다. 그 순간 마력이 터져 나가며 화염이 솟구쳤다.

콰가가!

얼굴에서 터져 나간 화염이 놈의 머리를 그대로 날려 버렸다. 홍염의 용언 마법이 드래고니안의 전투 기술과 결합하며 더욱 강력한 모습을 보여주고 있었다. 드래고니안의 몸짓은 하나하나가 치명적인 공격이었다.

머리가 사라진 놈이 바닥에 털썩 쓰러졌다. 가지고 있던 아이템을 모두 떨구며 영혼석이 되어버렸다.

신성이 천천히 고개를 돌리자 옆에서 굳어 있는 다른 놈과 눈이 마주쳤다. 신성의 황금빛 눈동자가 닿는 순간 놈의 안색이 퍼렇게 질리기 시작했다.

신성은 손을 뻗어 놈의 얼굴을 잡았다. 드래곤 하트에서 순수한 마력이 뿜어져 나오더니 너무나 붉은 화염으로 변하였다.

"크, 크아악!"

놈이 몸을 버둥거리며 고통스러워했지만 신성의 압도적인 근력에서 벗어날 수는 없었다. 오징어처럼 몸을 꼬며 벗어나려 했지만 신성에게 잠깐의 여흥만을 주었다.

놈의 몸에 적용된 갑옷의 방어력은 오히려 고통을 늘려줄 뿐이었다.

머리뿐만이 아니라 갑옷이 벌겋게 달아오르며 몸 전체가 익어버렸다. 익어버린 몸이 부서지며 사라졌다.

신성의 차가운 마음에 떨어진 작은 파문이 거센 파동을 만들며 해일이 되어가고 있었다. 냉정한 분노는 사라지고 드래곤의 폭풍과도 같은 분노만이 남아 있었다.

"저, 저 새끼 뭐야!"

"미, 미친!"

"바, 방어 대형으로!"

두 명이 순식간에 당해 버리자 그제야 허겁지겁 마석 앞에서 방어 대형으로 섰다. 우습게도 단 한 사람의 기세에 밀려 그 많은 인원이 방어 대형을 갖춘 것이다.

바닥에 떨어진 영혼석이 신성의 손으로 빨려들어 왔다.

처음 겪는 현상에 신성은 자신의 손을 바라보았다.

신성은 방금 죽인 놈의 영혼이 자신의 손에 있는 것이 느껴졌다.

'으아아악! 아파!'

'놓아줘! 으아악! 커헉!'

괴로운 비명을 지르며 제발 놔달라고 소리치고 있다. 사막에서 얻은 신의 힘은 그냥 그럴듯한 타이틀이 아닌 모양이다. 루나 역시 영혼을 느끼며 안식을 인도할 수 있었다. 루나라면 분명 놈들을 편히 쉴 수 있게 놓아주었을 것이다. 그녀는 모질지 못했고 어떤 악인이라도 용서할 수 있는 착한 마음을 지녔다. 하급 신이지만 신성 역시 그리할 수 있을 것이다.

그러나 신성은 그렇게 하지 않았다.

이들은 더 벌을 받아야 했다. 죽음보다 더한 고통을 받아야 했다. 죽음으로 용서하기에는 그들이 지은 죄가 무거웠다.

그렇게 생각한 순간 신성의 손에 드래곤의 머리를 형상화한 문신이 새겨지기 시작했다.

[신의 힘으로 두 개의 영혼석을 완전히 흡수하였습니다.]

[탐욕의 신이 악신으로 각성합니다. 그러나 드래곤의 힘으로 성향이 변하지 않습니다. 패널티 역시 받지 않습니다.]

[악신 각성 효과로 암흑룡의 힘이 더욱 강해집니다.]

[파괴와 관련된 모든 마법의 힘이 더욱 강력해집니다.]

[악신은 영혼을 흡수할 때 대단히 많은 경험치를 받습니다.]

'악신······.'

악신으로 각성하여 성향이 바뀌어야 했지만 드래곤의 힘 때문에 성향은 변하지 않았다.

신성 마법도 그대로 유지되고 있었다.

그러나 각성이 가지는 능력은 그대로 쓸 수 있었다.

어느 쪽에도 영향을 받지 않는 드래곤의 힘이 발현된 결과였다.

[어둠의 용언 마법에 새로운 마법이 추가됩니다.]

[D] 암흑의 부활(악신)(레전드)

악신의 권능으로 펼치는 사악한 암흑 마법.

흡수한 영혼을 이용하여 악령을 만들어낸다. 많은 영혼을 이용할수록 더욱 강력한 악령을 만들어낼 수 있다. 악령에 깃든 영혼석이 파괴되지 않는다면 마력을 사용하여 회복시킬 수 있고 언제든 다시 소환할 수 있다. 영혼석을 회수하여 재활용 또한 가능하다.

반룡화 현신(암흑룡) 사용 시 악령의 힘이 대폭 증가하고 다크 브레스로 악령의 마력 분신을 생성할 수 있다.

어둠의 용언 마법 스킬 랭크가 높아지면 높아질수록 더 강력한 악령을 만들어낼 수 있다.

생성 가능한 악령
*[E] 탐욕의 해골 병사(1S)
*[E+] 탐욕의 해골 기사(5S)
*[E+] 탐욕의 해골 마법사(5S)
*[D] 저주의 암흑 기사(10S)
*[D] 저주의 암흑 마법사(10S)
*[D] 저주의 암흑 기병(15S)
*[D+] 고통의 리치(20S)
보유 영혼 : 2S

S는 영혼석의 단위를 나타냈다.

악신의 권능으로 새로운 마법이 추기되었다.

루나가 신성 마법의 근원이라면 악신은 암흑 마법의 시작이었다. 용의 재능과 합쳐지며 암흑 마법은 새로운 단계에 진입하였다.

신성의 주변에 막대한 마력이 넘실거리기 시작했다. 푸르던 마력이 점차 어둡게 물들어가며 검은 안개가 되었다. 암흑으로 물든 마력은 모든 생명을 증오하는 사악함을 지니고 있었다. 드래곤과 악신의 힘으로 완전해진 암흑 마력은 신성력과는 완전히 상반된 힘을 보여주고 있었다.

몸을 웅크리며 떨고 있던 견인족 여성과 엘프 여성이 신성을 바라보았다. 멍한 눈동자에 비친 신성의 모습은 인세에 강림한 악신 그 자체였다.

신성이 놈들을 향해 다가갔다. 화살과 마법이 신성을 향해 쏟아져 내렸다. 그럭저럭 잘 짜여 있는 조합에서 나오는 위력은 그럭저럭 봐줄 만했다. 그러나 그들의 레벨로는 신성의 마력 스킨을 뚫을 수 없었다.

신성은 이미 50레벨을 넘기고 있었다.

신성의 양옆에 검은 마법진이 그려졌다.

그와 동시에 흡수된 영혼들이 찢겨나가기 시작했다. 영혼들이 내지르는 비명이 모두에게 들렸다. 너무나 처절한 비명이라 놈들의 얼굴이 새파랗게 질려갔다.

그들에게 안식은 허락되지 않았다.

찢겨진 두 영혼은 마법진으로 흡수되었다. 마법진에서 검은 기둥이 치솟더니 검은 뼈로 이루어진 해골 병사가 모습을 드러냈다. 두 기의 해골 병사는 거대한 양손검을 들고 붉은 안광을 토해내고 있었다.

네크로맨서가 소환하는 스켈레톤 따위와는 비교조차 되지 않을 기세가 뿜어져 나왔다. 악신이 직접 소환한 악령은 그 존재감부터가 달랐다.

"크아아아!"

"크아아!"

해골 병사가 울부짖었다. 생명을 증오하며 내지른 울부짖음은 생명체의 마음속에 있는 본능적인 두려움을 이끌어냈다. 해골 병사는 증오에 물들어 막대한 살기를 뿜어냈지만 신성의 앞으로 움직이지 않았다. 마치 사냥개가 그렇게 하는 것처럼 신성의 명령이 떨어지기만을 기다리고 있었다.

"죽여."

명령이 떨어지자 해골 병사가 뛰쳐나갔다. 해골 병사의 공격력과 방어력, 평균 스탯은 [E] 랭크이지만 움직임만큼은 30레벨과 맞먹었다.

"네, 네크로맨서?"

"저게 뭐야!"

"괴, 괴물!"

"마, 막아!"

"미친!"

놈들의 공격에 검은 뼈가 부서져 나갔다. 하지만 해골 병사는 고통을 느끼지 못했다. 오로지 신성의 명령을 충실히 이행하려 할 뿐이었다.

탕탕! 탕! 그그그극!

"쿠아아아!"

"크아!"

해골 병사가 미친 듯이 탱커들의 방패를 때렸다. 팔이 날려가고 머리가 절반 이상 날려갔지만 멈추지 않았다.

신성의 막대한 마력을 받자 해골 병사의 몸이 점차 회복되기 시작했다. 해골 병사의 몸에 깃든 영혼석을 깨지 않는 이상 해골 병사를 죽일 수 없었다.

놈들은 아직 그것을 몰랐다.

"무, 무슨 힘이……."

"E, E 랭크 맞아?"

뚜벅뚜벅

신성은 천천히 그들을 향해 걸어갔다.

그들이 가장 두려워해야 할 존재는 해골 병사 따위가 아니었다.

지구에 최초로 탄생한 악신이 이곳에 강림했다.

* * *

신성은 검을 뽑지 않았다. 직접 손으로 쳐 죽여야만 분노가 조금이라도 가라앉을 것 같았다.

신성의 주변으로 검은 기운이 휘몰아쳤다.

그 순간이었다.

신성의 몸이 그대로 뻗어 나가며 방패를 들고 있는 탱커와 부딪쳤다.

타앙!

"커억!

방패가 완전히 박살 나며 철조각이 되어버렸다.

거기서 멈추지 않고 신성의 어깨가 그대로 나아가 탱커의 몸에 박혀들어 갔다.

탱커는 뒤로 크게 튕겨나가며 바닥을 굴렀다. 가슴이 완전히 곤죽이 되어버렸기에 숨조차 내쉬지 못하며 그대로 죽어버렸다.

"뭐, 뭐……."

"막아!"

신성의 손날이 옆에 있는 탱커의 갑옷을 뚫으며 가슴에 그대로 박혀 버렸다. 주먹을 쥐자 암흑 마력이 터져 나가며 비명과 함께 몸이 모두 녹아버렸다.

땡그랑!

지니고 있던 아이템과 함께 영혼석이 바닥에 떨어졌다. 신성의 공격은 멈추지 않았다. 방패를 치켜들며 물러나는 놈이 보이자 방패를 잡고 그대로 찢어버렸다.

[E-] 랭크의 방패가 허무하게 찢기자 탱커는 덜덜 떨며 신성을 바라보았다. 손에 든 둔기는 도움이 안 된다는 것을 그는 깨닫고 있었다.

"사, 살려……."

신성과 눈이 마주치자 덜덜 떨며 빌기 시작했다. 신성이 고개를 들리며 탱커를 지나쳤다. 탱커는 안도의 한숨을 내쉬었다. 그러나 신성이 그를 용서한 것은 아니었다.

날뛰던 해골 병사가 달려들며 탱커의 몸을 난자하기 시작했다.

"크아악!"

비명이 울려 퍼졌다.

누구도 그를 도와주지 않았다. 스무 명이 넘는 인원은 공포에 질려 뒤로 물러날 뿐이었다.

"무, 물러나지 마! 고, 공격해!"

"고, 공격이 아, 안 먹힙니다! 토, 통하지 않아요!"

"으, 으아아!"

각종 스킬이 신성에게 쏟아져 내렸지만 마력 스킨에 막혀 전혀 피해를 보지 않았다.

마력 스킨에 공격이 닿을 때마다 마력이 소모되고 있었지만 신경 쓸 정도는 아니었다. 마력 스킨 때문에 마력 회복량이 줄어들었다고는 하나 저들의 공격력은 [E] 랭크 수준이라 신성의 마력을 절대 고갈시킬 수 없었다.

그렇다면 일방적인 학살만이 존재할 뿐이다.

신성이 본격적으로 몸을 움직였다. 탱커 라인을 단번에 부수고 돌파하자 진형이 순식간에 무너져 내렸다.

마법사가 내지른 파이어 볼을 무시하며 그대로 멱살을 잡은 다음 바닥에 꽂아버렸다. 두개골이 박살 나는 소리와 함께 마법사의 머리가 터져 버리며 그대로 절명했다.

딜러들이 날붙이를 휘둘러 왔다. 이미 속성석을 박은 것인지 속성이 담긴 공격이었다.

기기긱!

신성의 마력 스킨을 긁으며 스파크를 만들어냈다. 나름 딜러다운 공격이었지만 신성에게는 전혀 먹히지 않았다. 집중 공격을 했다면 상황이 조금 나아졌을 수도 있겠지만 이미 그럴 상황은 아니었다.

신성의 팔이 빠르게 움직이며 딜러의 몸을 후려갈겼다. 딜러가 그대로 공중에서 몇 바퀴 돌더니 바닥이 쓰러졌다.

옆에 있던 놈은 공포에 덜덜 떨며 무기를 떨구었다.

퍼억!

신성의 주먹이 놈의 가슴에 작렬했다. 가죽 갑옷이 단번에 박살 나며 가슴에 커다란 구멍이 뚫려 버렸다. 신성의 주먹은 마치 포탄과도 같은 위력을 뿜어내고 있었다.

"마, 마석 안으로! 마, 마석 안에서 본대와 합류해!"

간부가 외치자 보라색 마석을 향해 도망치기 시작했다. 그러나 그것은 어리석은 선택이었다. 바닥에 있던 영혼석으로부터 마법진이 그려지더니 검은 안개 속에서 해골 병사가 몸을 일으켰다.

신성이 손을 뻗었다. 손 주변에 마법진이 하나둘 떠오르기 시작하더니 정면을 가득 채울 정도로 많아졌다. 하나하나가 타깃팅이 되어 도망치고 있는 놈들에게 향해 있다.

"다크 애로우."

시동어를 말하자 마법진에서 어둠의 화살들이 쏟아져 나갔다. 마치 먹이를 노리는 뱀처럼 휘어져 날아간 다크 애로우가 도망치고 있는 놈들의 뒤에 꽂혔다.

"크악!"

"컥!"

다크 애로우는 갑옷을 뚫기는 했지만 그들의 목숨을 앗아 갈 정도의 위력은 아니었다.

놈들은 몸에 파고드는 독기를 느끼고 허겁지겁 인벤토리에 서 해독용 포션을 꺼내 먹기 시작했다. 독으로 죽는 것은 면 했지만 그들이 걱정해야 하는 것은 따로 있었다.

"크아아아!"

"크아!"

대기하고 있는 해골 병사였다.

바닥을 거미처럼 기며 나타난 해골 병사들이 그들의 육체 를 난도질했다. 칼로 찢고 고개를 파묻더니 생살을 씹었다.

[LEVEL UP!]

영혼 흡수로 인해 많은 경험치가 상승하자 레벨 업이 되었 다.

간신이 바닥을 기며 간부 몇이 마석 안으로 도주하기는 했 으나 대부분이 고통스러운 죽음을 맞이했다.

해골 병사들을 포함한 스물여섯의 영혼이 신성의 손아귀에 있었다. 신성이 손을 들자 해골 병사의 몸이 무너져 내리며 모 든 영혼이 그의 손으로 회수되었다.

악신의 손은 재앙을 내린다고 알려져 있었다. 암흑 마력이 치솟고 있는 그의 손에서는 불길함만이 느껴졌다.

신성은 고개를 돌려 견인족 여성과 엘프 여성을 바라보았다. 그녀들은 신성을 보며 넋이 나가 있었다. 신성의 적의가 그녀들을 향하지 않았기 때문인지 공포를 느끼고 있지는 않았다.

오히려 벅찬 감정이 가득 차오르고 있었다.

신성은 바닥에 있는 값비싼 로브를 그녀들에게 던져주었다. 그 정도라면 찢어진 옷을 가리기에는 충분할 것이다.

[악신을 향한 강렬한 마음이 느껴집니다.]

[견인족 메리, 엘프 레이느가 악신을 믿기 시작합니다.]

*악신의 신도로 각성한다면 암흑 마력에 대한 재능이 개화됩니다.

*악신의 신도가 암흑 신전을 세운다면 영혼력(S)을 공급 받을 수 있습니다. 암흑 신전은 오로지 악신의 신도만이 세울 수 있으며 신성력과 신앙심으로 세워진 신전과는 다른 가치를 지닙니다.

영혼력으로 암흑 신전을 강화할 수 있으며 암흑 신전에 깃든 스킬을 개화시킬 수 있습니다.

암흑 마법의 진화 역시 가능합니다.

신전 보유 현황

[티] 탐욕의 하급 신전(신성력) : 탐욕의 사막 오크

*신앙심(마력 코인) : 32KC/월

*암흑 신전(암흑 마력) : 없음

*신앙심(영혼력) : 없음

　드래곤의 힘으로 신성력과 암흑 마력을 동시에 다룰 수 있기에 신전 역시 두 종류가 생겼다. 신족을 초월한 최상위 종족다운 힘이었다.

　그런 정보창이 떠올랐지만 신성은 자세히 보지 않았다. 아직 분노가 식지 않아 제대로 살펴볼 여유가 없었다.

　신성은 보라색 마석을 향해 손을 뻗었다. 그러자 마석 안으로 진입할 수 있는 포탈이 떠올랐다.

[보라색 비활성 마석으로 향하는 포탈이 생성되었습니다.]

[남은 기간 : 30일]

*최초 발견자 : [이제 막 시작한] 엘론

　초보자인 엘론은 좋은 마음으로 이 마석을 공유하기 위해 아르케넷에 올렸을 것이다. 선독점 기간이 없는 것을 보면 그

것을 잘 알 수 있었다. 그러나 언제나 호의가 호의로 돌아오는 것은 아니었다. 때로는 감당할 수 없는 악의가 되어 등 뒤에 비수를 꽂곤 했다.

신성은 포탈 안으로 진입했다.

보라색 마석 안은 넓었다. 푸른 구슬들이 아름답게 떠올라 커다란 던전 안을 밝히고 있었고 여기저기 광물들이 가득 담겨 있는 수정이 박혀 있었다. 드래곤의 눈에 희귀한 광석들이 곳곳에 매장되어 있는 것이 보였다.

보라색 마석은 많은 유저가 이벤트를 즐길 수 있도록 큰 규모로 설계된 마석이었다. 확실히 이 마석을 독점했을 때의 이득은 대단할 것이다.

세이른의 길드원이 진을 치고 있는 모습이 보였다. 살아남은 간부가 덜덜 떨며 그들에게 합류해 있었는데 신성의 모습이 보이자 비명을 질러댔다. 이성을 잃을 정도로 공포에 질려 있었다.

오십이 넘어가는 숫자로 보아 확실히 소형 길드는 아니었다. 레드 소드의 하위 길드였기에 대부분 휴먼족으로 이루어져 있었지만 수인족의 모습도 간혹 보였다.

곡괭이를 들고 마석을 캐고 있는 초보자들이 보인다. 그들의 방어구는 모두 해제되어 있었고 몸에는 상처가 가득했다. 죽지 않을 정도의 고통을 주며 노동력을 착취하고 있었다. 한

쪽에는 여자들이 묶여 있었는데 비르딕으로 끌고 가기 위한 것으로 보였다.

비르딕의 기득권은 현재 대형 길드가 모두 차지하고 있으니 그들에게 환심을 사려는 수작인 것 같았다.

속성석과 여러 희귀 재료들이 상자 안에 쌓여 있었다. 짧은 시간 안에 상당히 많이 모은 것으로 보였다. 약탈과 착취를 행한 결과였다.

"저 한 놈에게 모두 당했다고?"

"보, 보, 보통 놈이 아닙니다! 아, 암흑 마법을! 그, 그리고 마, 마법 같지는 않지만 화염 마법도 썼습니다! 네, 네크로맨서처럼 해, 해골도 소환하고요! 악마예요! 악마라고요!"

길드장의 체구는 수인족만큼이나 컸다. 그러나 비르딕의 작위는 지니고 있지 않았다. 37레벨에 도달하기는 했으나 신성에게는 전혀 위협이 되지 않았다.

"암흑 마법? 다른 속성 마법까지… 설마……."

세이른의 길드 마스터는 머릿속에 누군가 떠올랐다. 대형 길드의 회의 때 그 역시 참여했다. 그 자리에서 빠지지 않고 거론되는 인물이 있었다. 바로 마신이라 불리며 아르케디아 온라인을 피로 물들인 사내였다.

그 사내는 최상위 종족으로 진화하여 절대 적으로 돌려서는 안 된다고 알려져 있었다. 그 고고한 에르소나조차 되도록 충돌하지 말고 피하자고 말할 정도였다.

수호자 같은 대형 길드가 단 한 사람의 눈치를 본 것이다.

더욱 놀라운 사실은 상위 종족들이 모두 고개를 끄덕이며 동의했다는 점이다.

첫 번째 마석 토벌에는 참여하지 않아 직접 보지는 못했지만 소문에 의하면 마신이 초대형 몬스터를 조종하여 마석의 수호자를 박살 냈다고 한다. 에르소나가 복잡한 감정을 내비치며 마석을 토벌한 공은 자신들에게 없다고 선언까지 했다.

단 한 사람이 일으킨 일이다.

"마, 마, 마신!"

길드 마스터는 침을 꿀꺽 삼켰다. 천천히 안으로 걸어 들어오는 사내의 모습은 심상치 않았다. 자욱한 검은 안개에 감싸여 보이는 것은 오로지 찬란하게 빛나는 황금빛 눈동자뿐이었다. 그 아름다운 보석과도 같은 눈동자가 길드 마스터의 몸을 굳게 만들었다.

도저히 같은 아르케디아인으로는 보이지 않았다.

존재의 격이 달랐다.

"마, 막아! 저, 접근하지 못하게 막아야 한다! 놈은 하나니까 아, 압박해서 빠져나갈 루트를 만들어!"

"저것들은 어쩌고……."

"그게 문제가 아니야, 저놈은!"

길드 마스터가 발악하며 외치자 길드원들이 당황했다. 포박당해 있는 여성들과 노동력 착취에 시달리던 많은 초보자의 시선이 모였다.

그들은 신성이 적이 아닌 것을 본능적으로 깨달았다. 같은 세이프리 소속이라는 유대감이 느껴지자 눈빛에 희망이 감돌기 시작했다.

세이른 길드의 길드원들은 보스 몬스터를 상대할 때 사용하는 진형을 갖추었다. 그 보스가 단 한 존재일 때 효과를 발휘하는 진형이다.

그것은 의미 없는 행위였다.

고오오오오!

스물여섯의 영혼이 뭉치며 커다란 구가 되어 신성의 주변에서 맴돌았다. 영혼들이 지르기 시작한 비명은 지옥의 절규를 듣는 것 같았다.

길드 마스터를 포함한 세이른 길드원 전부의 안색이 새파랗게 질려 버렸다.

"나와."

신성은 혼자가 아니었다. 신성의 주위에 검은 마법진이 떠오르기 시작했다. 영혼들이 뭉치며 신성이 떠올린 것들이 탄생하였다.

저주의 암흑 기사, 탐욕의 해골 마법사 2기와 탐욕의 해골 병사 6기였다.

[D] 저주의 암흑 기사(정예)

악신의 힘으로 탄생한 암흑 갑주를 두르고 있는 기사.

높은 수준의 방어력과 항마력을 지녔으며 고대의 암흑 검술을 사용한다. 암흑 오라를 발산하여 아군에게 버프를 주며 적에게는 저주를 내린다.

*[D] 암흑의 오라 : 아군의 이동 속도 7%, 공격력 5%가 상승한다. 적에게 공포 효과를 부여하며 방어력을 5% 하락시키고 마법 캐스팅을 방해한다.

암흑 기사가 두 손으로 든 양손검을 가슴 위로 곧게 세웠다. 검은 로브를 두르고 있는 해골 마법사는 지팡이를 들며 암흑 마법을 캐스팅했다. 해골 병사는 당장에라도 뛰어나갈 것처럼 몸을 웅크렸다.

"[D] 랭크라고? 소, 소환수? 아, 아니야, 저건!"

"어, 어떻게 합니까, 길드장님?"

마석 밖으로 나갈 수 있는 장소는 신성의 뒤에 있었다.

밖으로 나가려면 신성이 있는 곳을 지나야만 했다.

곡괭이질을 하고 있던 초보자들이 눈치를 보다가 은근슬쩍 옆으로 피했다. 그리고 포박당한 여성들에게 접근하여 포박을 풀어주기 시작했다.

놈들은 그것을 보지 못했다. 눈을 떼는 순간 죽는다는 것을 본능적으로 깨닫고 있었다.

신성이 손짓하자 암흑 기사가 검을 내리며 움직이기 시작했다. 2m에 달하는 육중한 몸이 움직이며 주변에 암흑 오라를 뿌려댔다.

타앙!

해골 마법사가 다크 애로우를 쏟아냈고, 해골 병사가 미친 듯이 달려들었다. 암흑 기사가 탱커들 앞에 도달한 순간 거대한 양손검을 휘둘렀다. [D] 랭크에 달하는 공격은 단번에 여럿을 공중으로 날려 버릴 정도로 강력했다.

"크아아악!"

"커억!"

바닥에 쓰러진 탱커들 위로 해골 병사가 달려들며 갑옷을 마구 난자하다가 갑옷이 깨지자 얼굴을 들이밀었다.

"아, 안 돼! 안 돼!! 끄아악!"

콰득!

해골 병사들은 잔인하게 살을 씹었다.

탱커는 벌레처럼 발버둥을 치며 죽어갔다. 놈이 느낀 고통이 신성의 눈에는 마치 춤을 추는 것처럼 보였다.

'부족해.'

신성은 비명이 들릴수록 차오르는 힘에 눈을 빛냈다.

[악신 보너스! 너의 고통은 나의 힘!]
판정 : C
*마력 회복률 +10%(1일)
*올 스탯 +30(1일)
*경험치 120%(1일)
*지속적인 경험치 획득(1일)

그들의 고통이 자신에게 힘을 주고 있음을 깨달았다.
경험치가 적지만 꾸준히 차오르고 있었다.
루나가 사람들의 기쁨, 행복과 같은 밝은 마음에서 힘을 얻는다면 신성은 그와 반대였다. 고통과 절망과 같은 감정이 그를 더욱 강하게 만들어주었다.

[드래곤의 힘이 강해집니다.]
[드래곤과 악신의 성향이 섞이며 폭주 상태에 돌입합니다.]
*반룡화 현신 지속 시간 +20%(폭주)

혈관을 불로 달군 쇠가 지나다니는 느낌이다.
'아직 부족해.'

격렬하게 뛰는 드래곤 하트를 잠재우기에는 아직 너무 부족했다. 그 분노는 신성 자신조차 감당이 안 될 정도였다. 드래곤이 분노에 물들면 여러 도시를 무차별적으로 파괴했다고 아르케디아의 역사에 적혀 있었다.

신성은 직접 그 분노를 느끼니 왜 그런지 확실히 이해가 되었다.

신성은 놈들을 바라보며 결정했다.

아주 고통스럽게 태워 죽이기로 말이다.

신성의 암흑으로 물든 마력이 점차 다시 푸른빛으로 돌아왔다.

화르륵!

신성의 주변에서 홍염이 치솟았다.

CHAPTER 3
악신의 강림II

홍염이 마치 의지를 가진 것처럼 넘실거렸다. 마력을 탐욕스럽게 태우며 점점 더 커졌다. 홍염에 파묻혀 천천히 걸어오는 모습은 모든 이에게 막대한 공포를 느끼게 해주었다. 어떠한 주문도 없이 그저 마력을 발산하는 것만으로 주변을 불바다로 만들고 있었다.

치이이익!

바닥이 녹으며 용암이 되어 흘렀다. 신성이 발을 내디딜 때마다 바닥에 파문이 생기며 마치 강물처럼 일렁였다.

"으, 으아아! 오, 옵니다!"

"막아! 막으라고! 마법 캐스팅은 아직이냐!"

"고, 곧 끝납니다!"

암흑 기사가 검을 휘두를 때마다 놈들의 몸이 사방으로 치솟았다. 탱커는 더 이상 탱커가 아니었다. 허무하게 박살 나며 찢겨 버리는 나약한 인간에 불과했다. 해골 병사와 해골 마법사는 도망치려는 놈들을 집요하게 물어뜯으며 신성에게 영혼을 공급해 주었다.

"뒤로 물러나! 캐, 캐스팅이 끝날 때까지 시간을 벌어야 한다!"

"하, 하지만 저희가 물러나면 아, 앞 선은!"

콰아앙!

탱커의 갑옷이 찢기며 거대한 검이 꽂혀들어 갔다.

육체가 조각나 흩날리는 광경이 눈에 들어오자 놈들은 뒤로 크게 물러나기 시작했다.

모든 버프가 끊기자 탱커들은 더욱더 큰 공포에 질리기 시작했다.

"커헉!"

"아, 안 돼!"

주요 병력은 이미 탱커를 버리고 뒤로 크게 후퇴했다. 지원이 끊긴 탱커 라인의 전멸은 이미 확정되어 있었다.

영혼석이 깨지며 영혼이 신성을 향해 빨려들어 왔다. 그럴 때마다 불길이 더욱 강해지며 주변으로 불기둥이 치솟았다.

"으, 으아!"

탱커 하나가 방패와 무기를 버리고 바닥을 기어 도망치기 시작했다. 동료들의 비명에 오줌을 지렸지만 그는 간신히 해골들의 시선을 피할 수 있었다. 그러나 그의 앞에는 이미 신성이 당도해 있었다.

갑작스럽게 막대한 고통이 느껴졌다. 탱커의 손가락이 점점 녹기 시작하더니 불길이 일어나며 타오르기 시작했다.

"으, 으아아악!"

마치 자신이 장작이라도 된 것처럼 느껴졌다. 불길이라고는 믿을 수 없을 정도로 천천히 타오르며 세포의 하나하나까지도 충실히 태우고 있었다.

화르륵!

온몸에 옮겨 붙은 불은 꺼지지 않았다. 비명을 내지르자 불길이 치솟는 소리와 합쳐져 귀곡성을 만들어냈다. 그의 목숨이 끊기려는 순간이다. 드디어 육체의 고통에서 해방되려 하고 있었다.

신성이 놈을 바라보았다. 그의 눈동자에서는 인간다운 모습을 전혀 찾아볼 수 없었다. 단순한 스킬의 형태가 아닌 진정한 드래곤의 눈동자가 떠올라 있었다. 상대의 고통과 절망에서 즐거움을 느끼는 악신의 모습 역시 섞여 있었다.

신성의 입꼬리가 올라갔다.

"힐!"

신성이 시동어를 외치자 놈의 몸이 회복되기 시작했다. 치솟는 불길 속에서 회복되는 몸은 그를 결코 죽지 못하게 만들었다. 드래곤의 분노, 그리고 악신의 사악함은 서로 절묘하게 어울리며 재앙 그 자체가 되어버렸다.

"끄아아악!"

그것이 시작이었다. 비명이 울려 퍼지자 해골들은 살육을 멈추고 뒤로 물러나기 시작했다.

저 모두는 신성의 먹잇감이었다. 해골들은 신성의 즐거움을 방해하지 않으며 가만히 서 있었다.

신성은 고통스러운 비명을 지르는 놈의 머리를 잡아들고 물러나 있는 놈들을 바라보았다. 그들의 필사적인 감정이 신성의 눈에 보였다.

휘익!

손에 든 놈을 놈들에게 던졌다. 긴 불꽃의 꼬리를 그리며 날아가 놈들의 바로 앞에 떨어졌다.

"주, 죽여줘! 죽여줘!"

놈이 불길에 휩싸여 손을 뻗었지만, 놈들은 겁에 질린 표정으로 뒤로 물러날 뿐이었다.

"으, 으아아아!"

"제, 젠장!"

"가, 가진 마정석을 모두 쏟아 부어! 속성석도!"

공포가 짙게 드리워졌다. 길드장이 그렇게 명령하자 마법사들이 더욱 분주하게 움직이기 시작했다.

신성은 더욱 큰 갈증을 느꼈다.

이 정도로는 부족했다.

[완전한 폭주 상태에 돌입합니다.]

[드래곤의 피와 악신의 권능이 강해집니다.]

[드래곤 하트의 안전 제한이 풀립니다. 드래곤 하트가 손상될 수 있습니다.]

[자격과 레벨이 크게 부족합니다(신성 랭크 [B] 이상, 3차 각성 필요)]

*반룡화 현신(지속 시간 +20%)(폭주)이 [C-] 불안정한 현신(광폭 : 악룡신)으로 바뀝니다.

*불안정한 현신은 시간이 지나면 지날수록 큰 대미지를 받습니다.

넘실거리는 화염이 더욱 거칠어졌다. 신성은 떠오르는 정보창엔 신경조차 쓰지 않고 있었다.

"캐, 캐스팅이 끝났습니다! 고, 공격 랭크는 [D]!"

"이, 이거라면!"

마법사가 말했다.

탱커들의 희생으로 그나마 시간을 번 덕분인지 마법 캐스팅을 마칠 수 있었다.

겁에 질려 있던 길드장의 얼굴에 희망이 떠올랐다.

길드장은 심호흡을 하며 치솟는 공포를 진정시키려 애썼다.

중급 마정석, 그리고 속성석을 모조리 마법진의 재료로 쏟아 넣은 덕분에 공격 랭크가 [D]에 달했다. 이 정도라면 저 기괴한 소환수들을 쓰러뜨리고 저 악몽과도 같은 존재에게 타격을 입힐 수 있을 것으로 생각했다.

공성 마법으로도 손색이 없는 위력이었기 때문이다.

'노, 놈이 아무리 마신이라도 아르케디아인이야! 신이 아니라고!'

길드장은 침을 꿀꺽 삼켰다.

그러나 저 압도적인 모습을 보니 도저히 그렇게 생각되지 않았다. 불안감을 애써 감춘 길드장의 앞에 거대한 마법진이 떠올랐다. 휴먼족이 쓰는 써클 마법 중 빙계 속성 마법으로 이루어진 마법진이었다.

많은 중급 마정석과 수속성 계열 속성석 여러 개를 소모했기에 마법진은 휘황찬란한 빛을 뿜어내고 있었다.

"발동시켜! 다, 당장 죽여 버려!!"

길드장의 발악과도 같은 외침이 울려 퍼졌다. 자신을 옭아매는 공포에서 벗어나기 위한 발버둥이었다.

드디어 마법진이 발동하였다.

마법사들은 마력이 모두 **빠져나가자** 힘없이 바닥에 주저앉았다. 한동안 그들은 마법을 쓸 수 없을 것이다.

마법진에서 거대한 마력이 뿜어져 나오더니 주위의 온도가 급격히 떨어져 내리기 시작했다. 써클 마법은 일반적인 화염 마법이나 대지 마법 같은 속성 전용 마법보다 캐스팅 시간이 훨씬 길고 위력이 낮았지만 안정성이 뛰어나고 밸런스가 잘 잡혀 있었다. 때문에 재료를 통한 마법진의 강화가 용이했고, 대범위 마법에 더욱 효과적인 위력을 불어넣을 수 있었다. 휴먼족이 공성전이나 집단전에 더 큰 힘을 발휘하는 이유 중 하나이다.

휘이이이!

지금 발현된 아이스 토네이도 역시 그런 종류였다.

그리 큰 규모는 아니었지만 암흑 기사와 해골들을 휩쓸어 버릴 정도는 되었다.

콰가가가!

커다란 얼음 덩어리들로 이루어진 아이스 토네이도가 신성에게 뻗어갔다. 해골들이 아이스 토네이도에 박살 나며 사라졌다. 길드장과 그의 길드원이 주먹을 불끈 쥐었다. 이거라면 저 불꽃을 없애 버리고 저 말도 안 되는 존재를 소멸시킬 수 있으리라 생각했다.

신성은 자신의 앞에 다가온 아이스 토네이도를 무심한 눈동자로 바라보았다. [D] 랭크의 공격은 확실히 마력 스킨에 타격을 주고 있었다. 자신의 몸을 빨아들이며 홍염을 지워내고 있었다.

아이스 토네이도가 완전히 신성을 삼키자 주변에 넘실거리던 불꽃이 사라지고 얼음이 쏟아져 내리기 시작했다.

"주, 죽은 건가?"

"돼, 됐다!"

"이겼어!"

신성이 아이스 토네이도에 완벽히 삼켜지자 길드장과 그의 부하들이 환호성을 내질렀다. 길드장은 제아무리 마신이라고 할지라도 저 안에서 무사할 수는 없다고 생각했다. 아무리 뛰어난 능력을 지녔다고 하더라도 개인이 소유할 수 있는 힘의 크기에는 한계가 있기 때문이다.

그가 최상위 종족이라 알려져 있어도 성벽을 부술 정도의 위력, 거기에 마정석과 속성석으로 강화까지 더한 아이스 토네이도를 막을 수는 없을 것이다.

그렇게 생각할 때였다.

치지지직!

갑자기 모험가의 팔찌에서 잡음이 들려왔다. 모두가 의아한 표정을 지었다.

길드장은 모험가 팔찌를 바라보며 팔찌를 눌러보았다. 정상적으로 떠오른 창에 노이즈가 생기더니 마구 흔들렸다. 마력장의 간섭이 무척이나 심한 경우에만 나오는 현상이다. 이곳 같은 비활성 마석에서 일어난 적은 없었다.

불안감이 엄습했다.

"기, 길드장님!"

"뭐, 뭐야, 저건!"

"허억!"

길드장이 이상하다고 생각한 순간 부하들의 경악스러운 목소리가 들려왔다. 길드장은 노이즈가 더욱 심해지며 깜빡거리기 시작한 정보창에서 시선을 옮겨 아이스 토네이도 쪽을 바라보았다.

아이스 토네이도는 앞으로 나아가지 못하고 그 자리에 멈춰 있었다.

길드장과 모두의 눈동자가 커지기 시작했다.

아이스 토네이도의 중심에서 검은빛이 터져 나오더니 회전하고 있는 아이스 토네이도 전체를 물들이기 시작했다. 아이스 토네이도를 휘감고 있던 거대한 얼음 덩어리가 모조리 녹아내리고 있었다.

아이스 토네이도의 회전이 점점 약해지며 크기가 줄어들었
다.

"설마……."

길드장이 그 말을 내뱉는 순간이다.

쿠오오오오!

마석 전체를 울리는 소리가 들려왔다. 인간의 능력으로는
도저히 해석할 수 없는, 마치 영혼을 찢어발길 것 같은 소리였
다. 마치 하늘이 뜯겨 나가는 소리를 듣는 것 같았다.

덜덜덜!

길드장은 자신의 손을 바라보았다. 그의 검은 어느새 바닥
에 떨어져 있고 두 손이 마구 떨리고 있었다.

쨍그랑!

그의 부하들도 무기를 떨어뜨리며 안색이 파랗게 질려 버렸
다.

치지지직!

팔찌에서 잡음이 크게 들려왔다. 깜빡이던 정보창에 문자
가 떠오르기 시작했다.

[탐욕의 악룡신(악신)이 강림하였습니다.]

[악신에게 대항할 수 있는 신앙이나 성물이 없어 페널티가 부
여됩니다.]

*모든 능력치의 20%가 감소합니다.

*의지력이 감소하여 스킬 시전 시간이 200% 증가합니다.

*고통의 한계가 증가합니다.

*공포와 절망 상태에 빠져듭니다.

그들의 팔찌 위에 떠오른 그 정보는 절망 그 자체였다.

그그극!

아직 유지되고 있던 아이스 토네이도를 잡아 뜯는 날카로운 손톱이 보였다. 검은 비늘로 둘러싸여 있는 거대한 손이 나타나며 아이스 토네이도를 그대로 찢어발겼다.

휘이이!

아이스 토네이도가 허무하게 갈라지며 모든 마력이 사라졌다.

"아, 아……!"

"드래… 곤!"

마력의 폭풍 속에서 걸어나온 것은 그 크기가 4m는 될 것 같은 검은 드래곤이었다.

온몸에 덮인 검은 비늘은 무척이나 날카로웠다. 걸음을 옮길 때마다 검은 비늘이 부서져 내리고 있었는데 그 균열에서는 황금빛 기운이 뿜어져 나오고 있었다.

그저 존재하는 것만으로도 주위의 공기를 얼어붙게 하였다.

길드장과 그의 부하들은 아무것도 생각할 수 없었다. 거대한 존재감에 짓눌려 순간적으로 이성이 날아가 버린 것이다.

"아……."

"허억!"

도망칠 준비를 하던 초보자들도 그 모습을 보곤 넋이 나가 버렸다.

털썩!

저절로 무릎이 꿇렸다. 그저 멍하니 바라보고 있을 수밖에 없었다. 영혼을 잡아끄는 강렬한 모습에 매료되어 시선을 뗄 수 없었다. 신성의 존재감이 그들의 영혼에 큰 영향을 미치고 있었다.

신성의 날개가 펼쳐졌다.

거대한 검은 날개 속에서 황금빛 마법진이 떠올랐다. 캐스팅을 하는 것이 아니었다. 마치 꺼내 사용하는 것처럼 마법진은 찰나의 순간에 완성되었다. 순식간에 백 개가 넘어가는 마법진이 날개 전체를 물들였다.

콰가가가가!

마법진이 깨져 버리며 화염의 화살과 암흑의 화살이 쏟아져 내렸다. 세이른 길드 전원은 자신의 위로 쏟아져 내리는 화살을 멍한 눈빛으로 바라보았다.

쾅! 쾅! 쾅!

하나하나가 마치 운석처럼 바닥을 박살 내며 꽂혀들어 갔다.

"크악!"

"아악!"

길드장은 부하를 방패 삼아 어떻게든 살아남기 위해 애썼다. 화염의 화살이 스쳐 지나가며 팔 하나가 날아갔지만 바닥을 기며 필사적으로 몸부림쳤다.

휘이이익! 콰앙!

그런 그의 두 다리가 사라졌다. 위에서 떨어져 내린 어둠의 화살이 두 다리를 녹여 버린 것이다. 그는 비명을 지르며 뒤를 바라보았다.

'가, 가지고 노, 놀고 있어!'

그 엄청난 마법의 세례 속에서도 죽은 이는 없었다. 모두 사지의 일부가 날아가거나 극심한 상처를 입은 채로 비명을 질러대고 있었다.

"아, 아, 악신……."

그 말이 너무나 잘 어울렸다. 비명에 맞춰 흔들리는 검은 마력은 너무나도 섬뜩했다. 공포에 질린 모두가 바닥을 기며 도망치기 시작했다. 온몸을 잠식해 오는 고통에서 벗어나고자 하는 발버둥에 불과했다.

몇몇은 바닥에 떨어진 무기를 들고 자살을 하기 위해 자신의 목을 베려 했다.

'아파! 아프다고! 주, 죽어야 해! 주, 죽어야!

지금 당장 죽지 않으면 더 큰 고통에 시달릴 것이다. 길드장은 그것을 직감했다.

살아남으려 발버둥친 것이 너무나 후회되었다. 그가 덜덜 떨리는 손으로 나이프를 꺼내 들고 자신의 심장을 향해 내리찍으려는 순간이었다.

[멈춰.]

우뚝!

이해할 수 없는 단어가 그들의 머릿속을 지배했다. 길드장의 눈에 피부를 가르며 뼈에 닿은 나이프가 보였다. 팔을 움직여 보려 했지만 미동조차 하지 않고 그대로 멈춰 있다. 숨조차 쉬어지지 않았다.

신성은 자신이 한 것이 무엇인지 몰랐다. 그저 저놈들이 더욱더 큰 고통을 받아야 한다고 생각했을 뿐이다.

검은 비늘이 깨지며 무너져 내렸다. 황금빛 기류로 보이는 피가 연기가 되어 흘렀다. 하지만 멈춰야겠다는 생각은 전혀 들지 않았다.

"크악!"

"아아악!"

검은 마력이 떨어져 내리며 그들을 관통했다. 처절한 비명이 마석 안에 울려 퍼졌다. 간신히 속박이 풀리며 몸을 움직일 수 있었지만 그들이 할 수 있는 일은 아무것도 없었다.

신성의 눈동자에 마법진이 떠오르는 순간 그들의 몸 위로 불꽃이 치솟았다.

화르륵!

한 명씩 차례대로 불길에 휩싸이는 광경은 공포 그 자체였다. 천천히 자신의 차례가 다가오자 그들은 턱을 덜덜 떨며 애원했다.

"제, 제발……."

"그, 그만둬! 으아악!"

그들이 할 수 있는 일이라고는 오로지 신께 자비를 구하는 일뿐이었다. 그들이 야한 농담 따위로 조롱하며 업신여기던 신께 말이다.

＊　　　＊　　　＊

절규만이 울려 퍼졌다. 마석은 지옥 그 자체가 되었다. 제발 죽여 달라고 애원하는 그들의 모습이 신성의 눈동자에 뚜렷하게 박혔다.

"으아아악!"

"제, 제발!"

거센 불길은 아직도 꺼지지 않고 있었다.

그의 분노는 단순히 세이프리에 선전포고를 한 것 때문이 아니었다. 아이템 때문에 초보를 학살하고 마석을 무단으로 점거한 것은 심기에 거슬리기는 했지만 결말을 깔끔하게 맺었을 것이다. 더 나아가 이것을 전략적으로 이용하려고 고민했을 것이다.

놈들은 해서는 안 될 말을 했다. 해서는 안 되는 상상을 했다. 놈들의 말을 듣고 드래곤의 눈으로 그들의 생각을 직접 본 순간 불에 기름을 부은 것처럼 순식간에 타올랐다.

드래곤의 가족을 상처 입히고 탐낸 결과는 너무나도 끔찍했다. 그 분노는 신성 자신조차 예측하지 못할 만큼 거대했다. 그의 품 안으로 들어온 존재는 그녀가 처음이다.

매일 밤 그녀가 상처를 입으며 괴로워하는 모습은 그에게 너무나 뚜렷하게 전해졌다.

아르케디아에서 신이란 존재는 언제나 찬양받는 것이 아니었다. 자신을 향한 악의와 조롱을 온전히 받아야만 했다. 그녀는 절대적인 선이었기에 복수나 징벌 따위는 애당초 생각조차 하지 않고 있었다.

신성의 호흡을 따라 암흑 마력과 화염이 일렁였다.

루나가 걱정한 것은 신성의 이런 불안정함일지도 몰랐다.

어쩌면 그랬기에 무리를 하면서까지 신성의 옆에 있기로 한 것일 수도 있었다.

루나의 마음이 느껴졌다.

신성은 가슴속에서 루나의 신성력이 느껴지자 마음이 진정되는 것을 느꼈다.

어이없게도 루나가 다른 이들보다 자신을 훨씬 걱정하는 것이 느껴지자 분노가 풀리고 있었다. 꺼지지 않을 것 같던 불길이 사라지고 다시 차분하게 이성이 내려앉았다. 그것이 드래곤의 변덕이라는 것인지, 아니면 복잡한 인간의 마음인지 그 역시 몰랐다.

첫 만남부터 지금까지 알지도 못하는 사이에 신성에게 스며든 그녀였다. 예전과는 달리 마구 날뛸 수 없었다. 그런데 그게 싫지는 않았다.

[폭주 상태가 해제됩니다.]
[징벌 보너스! 고통의 뉘우침!]
판정 A
보상 : LEVEL UP

작은 실소가 나오는 순간 신성의 몸을 두르고 있던 검은 비늘이 부서지며 바람에 날렸다. 현신이 해제되자 몸의 기운이 확 빠지는 것을 느꼈다.

온몸이 욱신거렸다.

드래곤 하트의 마력이 완전히 바닥나 있었는데 조금 더 시간을 끌었다면 대미지를 입었을 것이다.

'힘이 부족해.'

신성은 강해져야 할 필요성을 느꼈다. 지금까지는 그저 메인 퀘스트의 동선에 맞춰 레벨 업을 했을 뿐이다. 게임의 스토리를 따라가는 것만으로도 충분하다고 생각했다.

그러나 아르케디아인이 분열하고 안팎으로 적이 생기고 있는 이상 자신의 식구들, 그리고 세이프리를 지키기 위해서는 강력한 힘이 필요했다.

누구도 넘보지 못할 강력한 힘이 필요했다.

'각성이 우선이겠지. 세이프리, 그리고 드래곤 레어의 성장도.'

갈 길이 바빴다.

이곳은 이제 그가 알던 아르케디아가 아니었다.

신성은 고개를 돌려 타오르고 있는 세르딘의 길드원들을 바라보았다.

이미 몸이 전부 타버려서 죽음을 맞이하고 있었다. 그들에게 힐을 한다면 살아날 수 있겠지만 신성은 그렇게 할 여유도 없고 그럴 이유도 찾지 못했다.

더 고통을 주지 않고 죽음을 맞이하게 해준 것이 루나를 위한 최대한의 자비였다.

퍼석!

그들의 육체가 부서지며 영혼석으로 변했다. 수많은 영혼석이 신성의 손으로 빨려들어 왔다. 막대한 경험치와 함께 37개의 영혼이 회수되었다.

놈들의 영혼은 재료로서 충실히 임무를 수행할 것이다.

[세르딘 길드가 소멸되었습니다.]

[전쟁 상태가 해제됩니다.]

[승리한 세이프리 진영에 세르딘 길드의 모든 것이 귀속됩니다.]

세르딘 길드가 남긴 주거지나 아이템이 모두 세이프리의 것으로 귀속되었다.

'비르딕……'

세르딘 길드는 비르딕의 직접적인 명령을 받고 움직인 것은 아닐 것이다. 단지 전력을 강화하고 비르딕의 기득권으로 진출하기 위한 뇌물이 필요했을 뿐이다. 대형 길드들이 연관되어 있을 가능성이 컸다.

'명분이 생기긴 했군.'

현재 세이프리의 전력은 비르딕에 비할 바가 되지 못했다.

신성이 나선다고 하더라도 한계는 명확했다. 도시 국가로 전환해도 무리가 없을 만큼 많은 인구를 지닌 곳이 바로 비르딕이다. 게다가 NPC, 그러니까 비르딕의 백성들로 이루어진 병력은 세이프리 기사단보다 레벨이 훨씬 앞서고 있었다. 세이프리에서 기사단장 고르임은 대단히 뛰어난 편이었지만 비르딕의 물량을 당해낼 재간이 없었다.

'비공정이 없는 한 침략은 못하겠지.'

세이프리가 하늘 위에 떠 있는 천공의 도시라는 것이 너무나 큰 힘이 되어주고 있었다.

일단 외교적 우위를 점한 다음 시간을 벌고 전력을 강화하여 말려 죽이는 것이 현 시점에서 제일 좋은 방법이었다.

신성은 비장의 카드 몇 개를 이미 들고 있었다.

'일단······.'

세이프리의 첫 전쟁은 별다른 피해 없이 끝났다. 신성은 고개를 돌려 아직도 멍한 표정인 초보자들을 바라보았다. 저 초보자들이 세이프리의 전속이 되어준다면 세이프리는 향후 많은 전력을 확보할 수 있을 것이다.

'떠나지 못하게 해야겠어.'

저들을 잡을 방법은 많았다.

"고생 많으셨습니다."

신성의 따스한 말이 울려 퍼지자 초보자들의 눈에 눈물이 맺혔다. 주변의 수정에서부터 뿜어져 나온 빛이 신성을 비추고 있었다. 초보자들의 눈에는 신성의 모습이 빛나고 있는 것처럼 보였다. 그대로 주저앉아 넋을 잃고 바라보는 이들도 많았다.

"이제 안전합니다. 세이프리로, 집으로 돌아가세요."

초보자들에게 신성의 말은 자상한 아버지의 말처럼 들려왔다.

[62명의 초보 모험가로부터 강렬한 마음이 느껴집니다.]

[그들이 루나, 그리고 탐욕의 신을 진심으로 믿기 시작합니다.]

신성이 등을 돌리며 마석 밖으로 나가는 순간까지 누구도 움직이지 않았다.

세이프리로 돌아온 신성을 맞이하는 것은 루나, 김갑진을 포함한 그녀의 신관들과 많은 초보자였다. 초보자들은 승리에 기뻐하며 환호성을 질렀다.

실현된 역관광에 통쾌함을 느끼고 있었다. 신성이 세르딘 길드를 박살 냈다는 소문이 빠르게 퍼진 모양이다.

정의 구현이라고 외치는 목소리가 유난히 크게 들렸다.

벌써 세이프리에 완전 이주를 신청하는 이들이 늘어가고 있었다. 신관들이 이주 신청서를 배포하고 있었는데 많은 초보자가 감정에 휩쓸려 서명을 했다.

'제법이군.'

신성이 다 처리한 일이기는 하지만 어쨌든 위기를 극복하며 생긴 감정은 꽤나 큰 결속력을 가져다주었다.

이미 아르케넷에서는 세르딘의 길드원들이 초보자들을 살상하는 장면들이 돌아다니고 있었다. 그 이후 교묘하게 편집되어 세이프리 소속 초보자들의 격렬한 대항에 초점이 맞춰지고 있었다.

"세이프리에 완전히 이주하십시오! 아르케디아인의 인권을 짓밟은 자들이 저 밖에 득실거립니다! 세이프리는 여러분이 강해질 수 있도록 최선을 다해 도울 것입니다!"

"하나의 마음이 되어 극복합시다! 루나교가 함께할 것입니다!"

"세이프리 주민에 한해서 아카데미를 무료로 개방합니다! 유능한 교관들이 성장을 도와드릴 겁니다! 새 시대의 주역이 되십시오!"

신관들은 열심히 일하고 있었다.

완전 이주는 일시적으로 속해 있는 것과 달랐다. 계약을 통해 세이프리 주민의 지위를 얻는 것이다. 기존 대여 형식이던 것과는 달리 자신의 땅을 구매할 수 있게 되고 세금 감면, 스킬북 지원 등 세이프리의 복지 혜택을 받을 수 있었다. 게다가 세이프리의 주민과 결혼을 할 수 있는 자격이 생긴다. 대신 세이프리가 정한 의무를 져야 했다.

김갑진은 그런 것도 빠지지 않고 어필했다.

뜻밖에도 결혼 부분이 커다랗게 작용했다.

세이프리는 가장 처음 당도하는 도시라 그런지 미남미녀 NPC들이 제법 많았다. 일반 주민들도 상당한 미모를 자랑했다. 은근히 이주 절차가 어떻게 되느냐고 묻는 자들도 상당했는데 복잡한 절차를 모두 생략해 주자 많은 이들이 신청하고 있었다.

'김갑진이라……'

신성은 김갑진의 능력을 다시 보게 되었다.

김갑진이 틈을 노려 일을 진행한 것이다. 적으로 있을 때는 까다로운 자였는데 아군이 되니 상당히 든든했다.

김갑진은 믿을 만한 자였다. 고리타분한 스타일은 아니었고 루나의 밑에 있는 자치고는 냉정하게 계산을 할 줄도 알았다. 에르소나 쪽에 있었다면 에르소나에게 큰 힘이 되었을 테지만 루나교의 수석 프리스트인 이상 루나를 절대 떠날 수 없었다.

지금 상황에서 가장 필요한 것이 무엇인지 그는 명확히 알고 있었다. 루나가 그를 신뢰하고 있는 것도 어느 정도는 이해가 되었다. 신성과 김갑진의 눈이 마주쳤다. 김갑진은 살짝 고개를 숙여 목례를 했다.

루나의 시선이 느껴졌다.

김갑진, 그리고 신관들을 대동하고서 아름다운 모습으로서 있다. 강렬한 존재감은 모든 세이프리 주민이 흠모하는 여신다운 모습이었다. 그러나 신성의 눈에는 그녀가 잔뜩 긴장하고 있는 것이 보였다. 김갑진도 루나가 실수할까 봐 옆에서 조마조마한 마음으로 거들고 있었다.

[반려신 루나가 신관의 이적을 허락하였습니다.]

[세이프리에 새로운 직업이 등장합니다. 자격 조건이 충분하다면 암흑 신전에서 새로운 직업으로 승급할 수 있습니다.]

*특수 전직 : 루나교 하급 신관(루나)→암흑 사제(탐욕의 신)

*암흑 사제 : 반려신 루나의 품을 떠나 탐욕의 신 휘하에 들어간 신관. 루나에게 받은 신성력을 탐욕의 신의 암흑 마력으로 대체되었다. 암흑 사제는 암흑 마법을 페널티 없이 쓸 수 있으며 모든 재능이 암흑 마법에 집중되게 된다.

암흑 사제 이후 다양한 어둠의 직업으로 승급할 수 있다.

*필요조건

1. 성향 : 실버, 선 이상

2. 25레벨 이상

3. 세이프리의 주민

4. 필기시험, 관계자 면접 후 승급(예정 중)

신성의 영향으로 세이프리에 새로운 직업이 탄생했다. 암흑 사제는 아르케디아 온라인에서도 없던 직업이다. 앞으로 어떻게 변해갈지 모르지만 세이프리에 큰 힘이 되어줄 것은 틀림없었다.

신성은 걱정스러운 눈으로 자신을 바라보고 있는 루나와 눈을 맞추었다. 신성의 상태를 진지한 눈으로 살펴보다가 이상이 없자 그녀는 안도의 한숨을 내쉬었다. 그러다가 살짝 화가 난 표정이 되었다.

신성이 그녀를 바라보며 살짝 웃자 루나는 금세 표정이 풀어지며 웃음을 지었다. 그러다가 다시 화난 척하는 모습은 신성을 소리 내어 웃게 만들었다.

"정의! 구현!"

"와아!"

환호성은 계속되었다.

신성을 명백하게 띄워주고 있었다. 재미있는 점은 아르케디아 주민들까지 나섰다는 것이다. 특히 마법사들이 열정이었는데 찬양 수준을 넘어 숭배에 가까웠다.

신성은 가끔 손을 흔들어주었다.

"신성 님, 잠시 이야기를 나눌 수 있겠습니까?"

"자리를 옮기지요."

"아마 긴 이야기가 될 것 같군요."

"그럴 겁니다."

김갑진이 조용히 다가와 묻자 신성은 고개를 끄덕이며 대답
했다.

루나의 탑을 등지고 어디론가 향하는 둘의 모습은 왠지 음
산했다.

'신성 님, 수석 프리스트님, 왠지 무서워!'

루나가 말을 걸려다가 갑자기 오한을 느끼며 말을 꺼낼 타
이밍을 놓칠 정도였다. 알 수 없는 어두운 기운이 느껴지자
신관들은 흠칫 놀라며 길을 비켜주었다.

*   *   *

철벽의 도시 비르딕.

비르딕은 철벽이라는 말이 너무나 잘 어울리는 대도시였다.
대부분이 휴먼족으로 이루어져 있지만 노예제도도 존재하여
그들이 아인종이라 부르는 노예들이 잡일을 담당하고 있었다.

비르딕은 본래 아르케디아의 많은 영토를 차지하고 있던 게르딕 제국의 수도였다. 피로 얼룩진 역사를 걸어오며 치열한 전투를 통해 이룩한 영토였다. 그러나 그 영토는 사라지고 없었고, 비르딕과 몇몇 도시, 마을만이 지구로 넘어왔을 뿐이다.

제국이 자랑하던 수많은 전력 대부분이 상실된 상황이었다. 그러나 상황 자체는 나쁘지 않았다. 지구에서는 비르딕과 대적할 만한 적이 없었고 있다면 몬스터뿐이었다.

오만한 그들은 그마저도 전력을 키운다면 능히 극복할 수 있는 과제라 여겼다.

비르딕은 거대했다. 세이프리의 몇 배나 되는 규모는 휴먼 족의 자존심이라 부를 만했다. 구역별로 거의 모든 주요 시설이 존재했고 자급자족까지 가능했다.

귀족들의 회의장은 도시의 중앙에 마련되어 있었다.

고위 작위를 가진 아르케디아인이 대거 몰려와 비르딕의 상황이 매우 안정적으로 변했다. 그들이 가진 미래에 대한 정보는 비르딕의 향후 방침을 정하는 데 가장 중요한 역할을 했다.

하지만 현재 본래 비르딕에 있는 귀족들, 그리고 아르케디아인으로 구성된 귀족들의 표정은 좋지 않았다.

"비르딕 주변에 설치한 부활석이 완전히 기능을 정지했다고 하네. 그대들의 말을 믿고 국고에 있던 부활석의 설치를 감행했건만 쓸모없는 돌덩어리가 되어버렸어."

"그게… 비르딕에 신전만 세우면 될 일입니다. 아마도 신성력 공급이 되지 않아 발생한 일이니……"

"이미 파괴되었다고 하지 않았나!"

"다시 설치하면……"

버먼트 후작의 말에 아르케디아인 신조 백작이 버벅거리며 말했다. 분명 부활석은 국고에 있던 보물이다.

신의 유산으로 불리고 있어 대단한 값어치를 지녔다.

마석 토벌에 있어 부활석은 필수였다. 50레벨의 비활성 마석은 좋은 아이템과 막대한 경험치를 줄 테지만 부활석 없이는 위험부담이 너무 컸다.

처음 세이프리에 남아 있기로 한 이유도 거기에 있었다. 그러나 비르딕의 국고에 부활석 여러 개가 잠들어 있다는 정보를 확인한 대형 길드들이 세이프리와의 계약을 깨고 바로 비르딕으로 무단으로 이탈해 버먼트 후작을 만났다. 협상은 잘 끝났고, 부활석이 가지고 오는 이득을 버먼트 후작과 나누기로 협의했다.

당시 후작은 난감한 상황이었다.

지구로 이전되어 온 시점에 마탑에서는 부활석을 해석하여 마력으로 만들어진 새로운 부활석을 만들겠다고 부활석과 연구 비용을 요청해 왔다.

워낙 막대한 연구 비용이라 현 시점에서는 부담이 갔기에 버먼트 후작은 신조 백작과 아르케디아인의 말을 들어주었다.

후작은 마탑의 인맥을 잃으면서까지 모든 부활석 설치를 주도했다. 병상에 누워 있는 황제는 명목상의 황제일 뿐이었고 버먼트 후작은 실질적인 대세 귀족 중의 하나였다.

후작 작위였지만 지구로 이전해 온 강력한 귀족 세력이 몇 없었기 때문이다.

후작은 지구에서 결성된 삼인 귀족회의 2인자였다.

최근 몇 주간은 대단히 좋았다. 부활석이 신조 백작의 말대로 제대로 작동하며 버먼트 후작에게 많은 이득을 가져다주었다. 다른 귀족 세력을 견제하고 그들의 파벌을 돈으로 매수할 수 있을 정도의 재력을 확보할 수 있었다.

대형 길드들의 입지도 상당히 좋아져 비르딕에서 땅까지 하사 받고 떵떵거리면서 노예들을 사들일 정도까지 되었다. 그러나 문제는 그다음부터였다.

'김갑진… 그놈이!'

신조는 나름 억울했다. 부활석을 가동하려면 신전이 필요한 것쯤은 그도 알고 있었다.

김갑진에게 은밀히 닿은 연락에서는 분명 김갑진이 대규모 신전을 설치해 주겠다고 약속했다. 그 대신 마력 코인을 요구했는데 신조와 대형 길드들은 그런 김갑진에게 성의를 보이고

자 많은 마력 코인을 뒷돈으로 찔러주었다. 김갑진도 슬슬 초보자 도시를 떠나 좋은 곳으로 이주할 시기였다.

여신 루나는 호구에 가까워서 별다른 영향력이 없을 것이니 신조는 김갑진을 믿었다. 김갑진은 상위 종족이기는 하지만 어쨌든 뿌리는 같은 휴먼이기 때문이다. 에르소나와 함께하며 쌓인 정도 분명 있었다.

김갑진을 통해 루나를 비르딕으로 끌고 오는 계획까지 세운 신조였다.

국고에 있던 모든 부활석이 가동을 시작하고 점점 말라갔지만 김갑진은 연락이 없었다. 메시지를 보내도 수신 거부라는 글자만 떴다.

'500KC라고! 무려 500KC!!'

결국 부활석은 연구조차 할 수 없을 정도로 부서져 버렸고, 마탑은 실망하여 완전히 등을 돌렸다. 김갑진은 대형 길드와 후작이 모은 500KC나 되는 거금을 꿀꺽하고는 연락이 없었다.

신조는 식은땀을 닦으며 분노를 진정시켰다. 그리고 자신에게 몰린 시선을 느끼며 입을 떼었다.

"세, 세이프리에 직접 요청했으니 그, 긍정적인 대답이 있을 것입니다. 여신 루나는 절대적인 선 성향이라 우리의 요청을 결코 무시하지 못할 겁니다. 오히려 신전이 세워진다면 후작님의 지지도 더 높아지겠지요."

"흐음, 얼마 전에 불미스러운 일이 있었다고 들었네만."

"저희와 상관없는 길드였습니다. 루나는 분명히 이, 이해해 줄 것입니다. 과한 보상도 했고 꼬리 역시 확실히 잘랐습니다. 혀, 현 시점에서 세이프리가 비르딕과의 관계를 거부할 이유가 없습니다. 그들은 어차피 초보자들의 도시일 뿐이고… 앞으로의 성장을 생각할 때 우리의 눈치를 봐야 할 테니……."

후작의 눈빛이 날카로워졌다. 후작이라는 지위에 걸맞은 기백이 전해졌다. 신조의 모험가 팔찌가 반짝였다. 드디어 기다리고 있던 메시지가 도착한 것이다.

"세이프리로 갔던 사신으로부터 연락이 왔습니다!"

"읽어보게."

신조는 살았다는 듯 긴 숨을 내쉬며 메시지 창을 열었다. 신조가 제시한 조건은 세이프리에게도 나쁜 조건이 아니었다. 김갑진에게 맞은 뒤통수가 아프기는 하지만 지금 당장 급한 것은 부활석이었다. 천공의 도시를 함락시킨다면 해결될 일이지만 천공의 도시는 말 그대로 천공에 존재했다. 특별한 방어 기능이 없어도 그 자체만으로도 천연 요새였다.

"제시한 조건이 심히 부족함. 시, 신전의 건축을 허락해 주는 대가로 매월 30,000KC, 부, 부활석 설치 요금 15,000KC, 설치 이용료 매월 15,000KC, 누진제를 적용하여 이용이 많을 시 요금 상승… 허억!"

"…계속해 보게."

후작의 차가운 말에 신조는 메시지를 계속 읽어나갈 수밖에 없었다.

"파견 신관들의 월급 보장, 주 3일제 보장, 휴가 비용 전액 보장, 그리고 마석으로부터 얻는 이득의 50%, 마, 마지막으로……"

"마지막으로 뭔가?"

"무, 무단이탈에 대한 위약금 9,000KC… 이, 이럴 리가 없는데… 루, 루나는 분명 설정상 무리한 부탁이 아니면 다 들어준다고……"

"누가 작성한 조건인가?"

후작이 묻자 신조는 떨리는 손가락으로 메시지 밑을 내렸다.

"세이프리의 대리자 골드 드래곤 길드장 이신성……"

이신성.

마신의 이름이 나오자 모두가 헛바람을 삼켰다. 침묵이 자리 잡았다. 후작은 고개를 설레설레 저으며 웃음을 흘렸다.

"허허, 외교는 과거의 정보로 하는 것이 아닐세. 미래를 보고 예측하여 준비해 나가는 것이지. 상대는 승리하는 법을 알고 있군. 싸우지도 못하고 져버렸어."

후작은 자리에서 일어났다. 회의장 안에 있는 누구도 후작을 잡을 수 없었다.

'이런 애송이들을 믿었다니, 나도 은퇴할 때가 되었어. 이

지구라는 곳이 나의 판단에 영향을 준 것인가. 병상에 계신 황제 폐하를 뵐 면목이 없군.'

대 게르딕 제국이 뒤통수를 맞을 줄 누가 알았겠는가. 버먼트 후작은 긴 복도를 걸었다. 기둥 뒤에서 기다리고 있던 자들이 후작에게 예를 갖춰 인사했다.

후작은 고개를 끄덕이며 입을 떼었다.

"저번에 한 제안은 유효한가?"

"바로 준비할 수 있습니다."

"안정성은?"

"100여 명의 테이머와 상위 종족이 포함되어 있습니다."

후작은 고개를 끄덕였다.

"레드 소드라 했나?"

"저희는 후작님의 붉은 검이 될 것입니다."

후작은 발밑을 바라보았다.

저 깊은 곳에는 고대의 마족이 잠들어 있다.

CHAPTER 4

천상의 도시 세이프리I

휴먼족 초보자인 김운영은 10레벨의 탱커이다. 휴먼족 특성상 외모 수정이 크게 없어 얼마 전까지는 평범한 생활을 했다. 몬스터 웨이브가 터졌을 때 그는 지방의 작은 기업에서 일하고 있었다. 세이프리로 가는 포탈을 열었지만 그는 부양할 가족이 있어 결국 가지 못했다.

자신이 잘못된다면 아내와 딸의 생활이 비참해질 거라는 사실을 누구보다도 잘 알고 있었다. 몬스터 웨이브가 끝나고 게임에서 인연을 맺은 길드원과 친구들이 세이프리로 향할 때도 그는 직장에 있었다. 그 당시 스킬이 있기는 했지만 휴먼족

1레벨은 건장한 운동선수 정도였으니 전의 생활과 다른 점은 없었다.

10레벨이 된 지금은 다르지만 말이다.

'정말 잘 왔어.'

김운영은 미소를 지었다. 야근을 밥 먹듯이 하고 주말까지 일해도 받을 수 있는 돈은 쥐꼬리만 했다. 생활비도 빠듯할 정도였다.

그가 직장을 때려치우고 세이프리로 오기로 마음먹은 이유는 바로 정부가 발표한 환전 정책 때문이었다. 게다가 부활석까지 있으니 죽을 염려는 없었다. 아무리 생각해 봐도 세이프리로 가지 않는 것이 바보 같은 짓이었다.

1C가 만 원이다. 하급 마정석 하나만 얻더라도 백만 원에서 이백만 원까지 벌 수 있었다. 하급 마정석은 잘 나오지 않는 편이기는 하지만 한 번 사냥을 가면 몇 개 정도는 항상 나오는 편이었다.

"수고하셨습니다. 운영 님, 친구 등록 할래요?"

"아, 네. 감사합니다."

운영은 가족을 위한 마음으로 탱커를 서다 보니 왕년의 실력을 뛰어넘고 있었다. 방금 파티를 맺은 이들과 친구 등록을 한 후 웃으면서 헤어졌다. 오늘의 수확물은 무려 하급 마정석 세 개와 강화석 두 개, 그리고 값비싼 속성석 하나였다.

세이프리로 완전히 이주한 덕분에 보라색 마석으로 출입이 가능했다. 몇 주 전에 있던 불미스러운 사태 덕분에 세이프리는 부활석의 영향이 미치는 모든 마석의 소유권을 주장하기 시작했다. 무단으로 침입할 경우 적으로 간주하겠다고 선언까지 했다. 세이프리 소속이 아닐 경우 세이프리에 허락을 받고 수입의 일정 이상을 지불하겠다는 계약서를 써야지만 아주 짧은 시간 들어갈 수 있었다.

부활석을 이용할 수 없는 적은 아무리 강하더라도 무조건 손해를 보게 되었다. 그들은 일단 죽으면 끝이었다. 하지만 세이프리의 주민은 달랐다. 죽음을 두려워할 필요가 없었다.

대형 길드가 몇 차례 오기는 했으나 소득 없이 돌아가야만 했다.

세이프리의 수호룡, 또는 수호신이라 불리는 영웅이 있었기 때문이다. 그는 세이프리를 무단으로 이탈한 자들을 철저히 무시했다.

현재 그는 세이프리의 대리자로서 초보자들을 위한 복지 정책과 다양한 혜택을 베풀고 있어서 초보자들에게 압도적인 지지를 받고 있었다.

그에게 가장 와 닿는 혜택이 있었다.

수입이 계속 있어야 하는 운영 같은 자를 위해 세이프리는 힐러가 부족한 파티에 신관들을 투입하고 있었다. 비록 20레벨 이하라는 조건이 붙기는 했지만 힐러 부족 현상이 제법 많이 해소되어 끊임없는 사냥이 가능했다.

'조만간 서울에 집도 살 수 있겠는데?'

[F] 대지의 에메랄드!

[F] 랭크인 하급품이기는 하지만 속성석이었다. 적어도 3KC는 나가는 아이템이다. 운영은 바로 포탈을 타고 세이프리의 상업특구로 향했다.

상업 특구는 무척이나 활발했다. 상업 특구 중앙에는 거대한 상점가가 건설되고 있었는데 건설이 다 된 곳은 부분적으로 상점이 들어서 있었다. 골드 드래곤을 나타내는 문양을 입고 있는 수인족들이 보인다. 골드 드래곤의 하위 길드로 들어간 생산계 쪽 길드였다. 상점가 외부 쪽에 분양이 시작되고 나서 많은 생산계 유저들이 앞 다투어 입점하기 위해 열을 올리고 있었다.

기존 세이프리 주민들도 제법 많이 보였다.

운영이 다가가자 견인족 연금술사인 세라가 그에게 손을 흔들었다. 그녀는 상점의 아이템을 정리하고 있었는데 무척이나 행복해 보였다.

그녀에게 아이템을 보여주자 즉석에서 감정하여 가격을 매겨주었다. 비싼 아이템 같은 경우에는 상점가 앞에 마련되어 있는 임시 경매장에 등록하여 판매할 수 있었다. 당연히 세이프리로 이주한 자들만 무료로 이용할 수 있었다.

"모두 합쳐서 3,450C로 해드릴게요. 당분간은 세금 혜택 기간이니까 더 높게 쳐주는 거예요."

"아, 네. 그 정도면 만족합니다."

오늘 하루 번 돈이 무려 3,450만 원이었다. 그가 받은 연봉보다 더 많은 금액을 하루 만에 번 것이다. 마력 코인의 값어치는 지금도 상승 중이니 실질적으로 받을 수 있는 돈은 3,500만 원이 넘을 것이다.

"아! 좋은 물품이 들어왔는데 보실래요?"

"네?"

세라가 꺼낸 것은 [E-] 랭크짜리 반지였다. 기존 아이템을 세라가 연금술로 가공하여 완성한 아이템이다. 무려 스탯이 두 개나 붙은 레어였는데 스탯 자체도 상당히 높은 편이었다. 최소 10KC는 나갈 것 같았다.

"고, 고급품이네요. 이 정도면 다른 도시에서도 쉽게 볼 수 없는 건데……."

"비르딕 정도 되어야 구경 좀 할걸요?"

"이걸 어떻게?"

"아직 모르시고 계시구나?"

세라는 전혀 모르는 눈치인 운영과 눈을 맞추며 입을 떼었다.

"중앙 상점이 열리게 되면 이러한 물건들이 쏟아져 나올 거예요. 골드 드래곤 길드가 아이템을 시장에 푼다는 소문이 파다해요. 아마 [E-] 랭크 정도 되는 것들은 경매도 안 할걸요? 이미 조금씩 물량이 시장에 나오고 있어요."

"네? 저, 정말입니까?"

운영은 주변을 둘러보았다. 상점가에는 레벨이 높은 이들이 평소보다 많았다.

세라는 소리 내어 웃고는 운영을 바라보았다.

"네. 이미 소문이 다 퍼져서 비밀도 아니에요. 그래서 입국 심사장에 그렇게 사람들이 붐비고 있나 봐요."

"그렇군요."

운영은 몇 주 전에 생긴 입국 심사장을 떠올려 보았다.

그 역시 세이프리로 들어올 때 입국 심사를 받아야 했다. 냉철한 마법사들이 하나하나 따져 묻는 터에 여간 곤욕스러운 게 아니었다.

세이프리 주민이 아닌 경우에는 기존에 세이프리에 남아 있던 자라고 할지라도 일정 기간이 지나면 외부인 체류 비용을 내고 체류 기간을 연장해야 했다.

세이프리 소속으로 등록이 되어 있더라도 완전 이주를 통해 주민의 지위를 얻지 못하는 이상 매주 이용비 청구가 들어갔다. 15레벨 이하의 경우에는 이용비가 청구되지 않았지만 그 이상이 되면 선택을 해야 했다.

비용을 내지 못한 경우에는 강제로 세이프리 밖으로 퇴출당하게 되고 세이프리 재입장 때 불이익을 받았다. 외부인 주거 비용은 상당히 비싼 편이었기에 초보자들은 세이프리 소속으로 전환하거나 세이프리 주민이 되는 것을 선택했다.

세이프리 주민 신청 비율이 압도적으로 높았다.

이주가 가능한 세이프리 소속 등록도 괜찮은 방법이었지만 비르딕이나 다른 곳으로 돌아가는 상황을 보았을 때 세이프리를 선택하는 것이 옳다는 말이 많았다. 아르케넷을 뜨겁게 달구는 화제의 중심 역시 세이프리였다.

"아, 운영 님 같은 경우에는 우선 낙찰권이 있으니 제법 좋은 물품을 구할 수 있을 거예요. 중앙 상점 경매에는 초보자를 위한 물품도 많이 출시된다고 하니 기억해 두세요."

"네. 조언에 감사드립니다."

"뭘요, 같은 세이프리 주민인데요. 헤헷."

세라의 말에 운영은 미소를 지었다.

운영 같은 경우에는 세이프리 주민에게 지원해 주는 초보자 특별 패키지와 특혜에 혹해서 주민 신청을 한 경우라 주거 비용은 걱정할 필요가 없었다.

'세이프리 주민일 경우에는 조만간 봉쇄령을 풀어서 가족도 데려올 수 있게 해준다고 했으니……'

딸의 얼굴이 떠오르자 운영의 입가에 미소가 걸렸다.

운영은 아이템을 판매해 받은 마력 코인을 인벤토리에 넣고 상점가를 빠져나왔다. 세이프리의 달라진 모습을 보며 입국 심사장을 통해 들어온 외부인들의 놀라는 표정이 눈에 들어왔다.

확실히 아르케디아 온라인에서의 세이프리보다 영토도 넓어지고 그럴듯한 건물이 많이 들어섰다. 외부인을 위한 여관도 건설 중이었다.

'아카데미 수준도 올라간다고 했던가?'

너무나 빠르게 변하고 있어 세이프리 주민인 그조차 적응하지 못할 지경이었다.

"환전하러 가야겠군."

오늘은 그럴듯한 곳에서 외식할 생각이다.

자신의 결정을 믿고 따라와 준 가족이 고마웠다. 아르케디아인이라는 것은 하나의 특별 계급이었다. 한국의 고위급 인사들조차 함부로 하지 못하고 쩔쩔매는 그런 존재였다.

운영이 받은 명함만 해도 벌써 30개가 넘어갔다. 마력 코인 사업에 뛰어든 대기업을 포함해 정부 측 인물들까지 다양했다.

한국에 남아 있기만 해도 다양한 지원을 받을 수 있었다. 정부 측에서도 세이프리와 연결되기 위해 부단히 노력하고 있었다.

운영은 늘 루나에게 감사하는 마음으로 즐겁게 생활하고 있었다.

*   *   *

신성이 제시한 정책은 아주 잘 먹혀들어 가고 있었다. 벌써 이만 명이 넘는 초보자들이 주민이 되었고 신청도 꾸준히 늘어가고 있었다.

혜택을 주는 만큼 주민에게는 의무가 따랐다. 그 의무는 강제적인 것으로 꼭 지켜야 하는 것이었다. 신성은 공짜로 퍼주는 그런 스타일은 결코 아니었다.

그는 탐욕의 신이었다.

'세이프리의 규모를 볼 때 20만 명까지는 있어야 하겠지만……'

이 추세를 보건대 10만 명 정도는 무난하게 돌파할 수 있을 것 같았지만 역시 많이 부족했다. 20만 명 정도가 되어야 세금으로 충분히 도시 운영이 가능해질 것이다.

현재 세이프리의 변화는 신성의 마력 황금이 주도하고 있었다. 사막 오크에게서 도착하는 마력 황금의 대부분이 세이프리 발전에 쓰이고 있었다. 투자하는 것이니 아깝다는 생각은 들지 않았다.

루나는 신성에게 도시의 운영 권한을 모두 넘겨 이제는 신성이 주도하여 도시를 뜯어고칠 수 있게 되었다. 그래서 루나는 무척이나 한적해져서 빈둥거리며 만화책을 보거나 신성의 옆에서 고양이처럼 돌아다니곤 했다.

'곤란하군. 인구가 너무 적어.'

비르딕이나 다른 대도시에 비교할 수는 없겠지만, 최소한 계획대로 돌아가려면 그 정도는 있어야 했다. 그러나 아르케디아인의 숫자가 정해져 있었다. 그렇다고 이미 세이프리에서 떠난 이들을 불러오기는 싫었다.

"오오!"

신성은 깊은 고민을 하고 있었지만 루나는 소파에 누워 만화책을 보고 있었다. 얼마 전에 신성의 집무실에 낑낑거리며 소파를 들고 오더니 아예 자리를 잡은 것이다.

다른 아르케디아인들이 지금 루나의 모습을 본다면 아마 기절할 것이다.

"그렇게 재미있어?"

"네, 두근두근해요!"

"그거 액션이 죽이긴 하지."

신성은 피식 웃었다.

루나를 보고 있으니 깊은 고민도 모두 날아가 버렸다. 지금껏 어찌어찌 버텨왔으니 앞으로도 어떻게든 될 것 같았다.

집무실이 열리며 디아나가 들어왔다. 차를 가지고 온 디아나는 소파에 누워 있는 루나를 바라보다고는 고개를 설레설레 저었다.

"게으름뱅이. 살쪔."

루나가 충격을 받은 듯 그대로 굳어버렸다. 그러고는 슬며시 자신의 뱃살을 확인하는 루나였다.

"마스터, 손님 옴."

"음? 아, 갑진이인가."

신성이 고개를 끄덕이자 집무실 안으로 김갑진이 들어왔다. 김갑진은 루나를 떠날 수 없기에 배신할 염려가 없는 자였다. 이제는 거의 신성의 사람이 된 김갑진이다.

드래곤 레어를 본 순간 김갑진은 한동안 회생이 불가능할 정도로 넋이 나갔다. 그리고 루나와의 관계를 알게 되자 하루 정도는 정신이 나가 멘탈을 회복할 수 없었다.

지금은 다행히 멀쩡해졌다. 그 후 루나보다는 신성의 보좌관이라는 말이 어울릴 정도로 엄청나게 일을 했다.

집무실에 들어온 김갑진은 소파에 누워서 만화책을 보고 있는 루나를 보더니 깊은 한숨을 내쉬었다.

"루나 님, 제발 체통을 좀 지켜주세요!"

"으읏!"

루나는 은근슬쩍 일어나 신성의 뒤로 대피했다.

"신성 님도 뭐라고 한마디 정도는 해주십시오!"

"뭐, 좋은 게 좋은 거잖아?"

"맞아요! 좋은 게 좋은 거예요!"

신성과 루나의 말에 김갑진은 얼굴을 감싸 쥐며 한숨을 내쉬었다.

"드래곤과 여신… 이 조합… 힘들다, 힘들어."

루나가 신성을 바라보며 작게 고맙다고 말하며 환하게 웃었다. 디아나가 김갑진을 물끄러미 바라보았다. 김갑진은 살짝 얼굴을 붉혔다가 헛기침을 하며 표정을 수습했다.

다시 냉철한 모습으로 돌아온 김갑진이 말했다.

"크흠, 시간이 되었습니다. 보고는 가는 길에 해드리겠습니다."

"그게 좋겠어. 가자."

마도 공학 시설이 다 지어져 이제 마력을 불어넣어 가동시키는 일만 남았다. 완공식 같은 거창한 것은 할 생각이 없었기에 루나가 참여할 필요는 없었다. 드래곤 레어에서 나온 신성은 바로 루나의 탑 근처로 가는 포탈을 열었다.

공식적으로 세이프리의 대리자로 밝혀졌기에 이제는 신분

을 숨길 필요가 없어 루나의 탑 근처로 바로 이동했다. 루나의 탑 앞 광장에는 초보자들이 상당히 많았다. 대부분 파티를 구하는 이들이다.

신성과 김갑진은 연구 단지로 걸음을 옮겼다.

"다크엘프 쪽에서 회담을 요청해 왔습니다. 소론연합회에서도 마찬가지입니다. 엘프 쪽은 아직 신중한 입장인 것 같습니다."

"비르딕은?"

"말씀하신 대로 철저하게 차단하고 있습니다만… 요구 조건을 받아들이겠다는 말이 나오고 있더군요."

"그 조건을? 수상하군."

비르딕이 이렇게 빨리 꼬리를 내릴 것이라고는 생각하지 못한 신성이다.

엘브라스는 정령의 나무가 부활석을 대체하고 있었다. 정령석이 심어져 있다면 많은 제약이 걸려 있기는 하지만 그 근방에서는 부활할 수 있었다.

부활보다는 정령 능력 강화나 각성을 위해 존재하는 나무였다. 그 나무를 두고 엘프 측과 다크엘프 측이 대립하고 있었다.

수인족이나 드워프는 부활에 관련된 성물이 없으니 가장 적극적으로 움직이고 있었다. 그들은 신전이 늘어나며 부활석이 당연히 설치될 것으로 예상했지만 안타깝게도 신성이 루나의 뒤에 존재했다.

"대도시 근처 소도시들도 연락을 해왔습니다. 아르케디아인들도 잘 가지 않다 보니 급한 상황인 것 같습니다."

"자세한 정보가 필요해."

"김수정 정보국장에게 이번에 채용한 다크엘프 몇을 더 보냈습니다. 곧 소식이 올 겁니다."

"잘했어. 음, 소도시들과 협약을 맺어 지원을 해주려고 해도 거리가 문제야."

규모가 있는 대도시는 세계수를 이용해 포탈을 생성할 수 있었지만 소도시는 직접 가야 했다.

현재 비르딕이나 소론에 가려고 해도 비행기를 타야 했다. 각 나라가 협력하고 있지만 상당히 불편했다.

"비공정을 만들어야겠군."

"현재의 시설로 가능하겠습니까?"

"소형 정도는 가능하겠지."

신성과 김갑진은 앞으로의 일에 관해 이야기를 나누며 연구 단지로 들어섰다. 많은 마법사와 주민들이 신성을 기다리고 있었다.

신성은 바로 마도 공학 시설 안으로 진입했다. 아직 규모가 작기는 하지만 시설 안에 연구 시설과 제작 시설 등 모든 것을 갖추고 있었다. 중앙에 있는 소형 마력 엔진에 신성이 마력을 집어넣었다.

[마도 공학 시설이 가동됩니다.]

푸른빛이 들어오며 시설 전체에 마력이 공급되었다.

[세이프리에 최초로 마도 공학 시설이 등장하였습니다.]
[세이프리 문명이 한 단계 발전하여 도시 랭크가 상승합니다.]
[현재 마도 공학이 가장 발달한 도시가 되었습니다. 도시의 명칭이 변경됩니다.]
*[F+] 초보자의 도시, 천공의 도시 세이프리→ [E-] 천상의 도시 세이프리

[도시 특성이 개방되었습니다.]
*최초로 등장한 기술이 도시 특성으로 전환됩니다.
*[F+] 초보자의 도시 명칭이 도시 특성으로 전환됩니다.

루나의 탑에서 빛이 뿜어져 나오며 도시 전역을 환하게 물들였다. 모든 이가 감탄하며 그 광경을 바라보았다.

여러 창이 떠올랐다. 그것을 바라보던 신성의 눈동자가 커졌다. 세이프리 정보 중에 놀랄 만한 항목이 보였기 때문이다.

도시 특성

*최초의 마도 공학 : 기초 수준의 마도 공학 기술을 소유하였다. 세이프리의 영역권에서는 마력의 효율이 1.4배 증가한다.

*초보자의 도시 : 매월 일정 수의 초보자를 모집할 수 있다. 모집된 초보자는 1레벨이 되며 모험가 팔찌를 받을 수 있는 자격이 생긴다.

모집할 수 있는 초보자는 도시 랭크에 따라 증가한다.

(현재 150명/월)

초보자 모집은 정말 놀라울 만한 특성이었다.

*　　　　*　　　　*

김갑진도 상당히 놀라고 있었다. 김갑진 역시 신성의 보좌관으로 임명된 이후부터 세이프리를 관리할 수 있는 일부의 권한이 있었기에 정보창을 볼 수 있었다.

잠시 정보창을 바라보던 김갑진은 흥분을 감추지 못하며

신성을 바라보았다.

"대단하군요. 세이프리는 무한한 가능성을 얻은 것과 다름 없습니다. 초보자의 도시라는 명칭이 전환되어 얻은 특성이니 아마도 초보자를 받을 수 있는 것은 세이프리뿐이겠지요."

"그렇겠지. 장기적으로 볼 때 인구 문제도 해결될 수 있겠 군."

"파격적인 내용인 만큼 대도시들이 움직임을 보일 가능성 이 큽니다. 좋은 방향이든 나쁜 방향이든 말입니다."

신성은 고개를 끄덕였다. 그러나 세이프리는 천상의 도시였 다. 하늘 위에 떠 있는 만큼 현 시점에서 침공을 걱정하지 않 아도 될 것이다. 세이프리에 잠복해 있다가 기습을 시도하는 방법도 있었지만 그것을 막기 위해 입국 심사장을 설치한 신 성이다. 실제로 비르딕의 첩자들이 세이프리에 들어오려고 시 도한 적이 있었다.

제대로 초보자를 모집하기 위해서는 시설이 필요했다. 지금 당장 초보자를 모집할 수 있겠지만 휴먼족으로 모집될 뿐이 다. 세이프리 정보창을 열어보니 도시 운영 포인트로 설계도 를 살 수 있는 건물이 보였다.

[D] 선택의 성소(설계도)

모집된 초보자들이 성향에 따라 알맞은 종족으로 바뀌게 된다. 외모는 영혼에 따라 결정되며 기본 종족 스킬이 부여된다. 선택의 성소를 통하지 않는다면 본래의 종족을 계승하게 된다.

　도시 운영 포인트 : 1,200P

　예상 비용 : 1,000KC

　예상 운용비 : 5KC/월

　도시 운영 포인트는 방금 도시 랭크가 오르면서 지급받았기에 문제가 없었지만 비용은 꽤나 부담이 되었다. 여러 가지 사업을 동시에 진행하고 있으므로 자금적인 부담이 꽤 컸다. 창고에 있는 마력 황금까지 꺼내야 할 것 같았다.

　김갑진도 그것을 걱정하는 것 같았다.

　"관련된 시설을 지으려면 돈이 또 들겠군요. 현재 상점가를 건축하는 중이라 인력도 부족합니다. 세이프리 재정은 아시다시피 초보자들에게 퀘스트를 주는 것만으로도 벅찹니다. 거의 없는 것과 다름없습니다."

　"마족 카르벤의 부활까지 아직 여유가 있을 거야. 차근차근 발전해 가자고."

　"음, 확실히 첫 번째 마석이 나타나고 카르벤이 패치되기까지 꽤 시간이 걸렸죠. 비르딕의 지방 귀족 세력이 반란을 일으켜서 봉인진을 박살 낸 것이 마족 카르벤을 풀려나게 했다는 설정이었을 겁니다."

"현실이 된 지금이라면 어쩌면 카르벤이 나타나지 않을 수도 있어. 반란을 일으킬 지방 귀족이 없으니까. 설마 비르딕이 미치지 않고서야 그런 짓을 하겠어?"

김갑진은 고개를 끄덕였다. 그의 얼굴에서 희망을 찾아볼 수 있었다.

"카르벤이 나타나지 않는다면 마족의 침공도 힘을 잃을 것입니다. 대규모 필드 침식이 일어나지 않을 테니 말입니다."

"카르벤 자체도 성가셨지만 카르벤이 싸지르고 간 똥은 더 대단했지."

마물의 숲.

봉인에서 풀려난 카르벤은 마계로 통하는 통로를 구축하려 했지만 그의 힘만으로는 부족했다. 불안전하게 구축된 포탈이 마석보다 빠르게 필드 침식을 일으키게 하였다. 그 때문에 나타난 것이 바로 마물의 숲이었다.

마물의 숲은 메인 퀘스트의 무대였다.

아르케디아 필드에 나타난 마물의 숲은 대단히 큰 규모였는데 평균 100레벨이 넘어가는 극악한 지역이었다.

최초의 필드 보스가 등장한 숲이기도 했다.

마물의 숲이 나타난 이후 마족이 직접 개입한 마석들이 등장했다. 카르벤 덕분에 중간계의 정확한 위치를 마족들이 알아냈기 때문이다.

그러나 카르벤이 부활하는 일이 없어진다면 메인 스토리 진행은 되지 않을 것이고, 현 상황이 계속 유지될지도 몰랐다. 그것은 대단히 희망적인 내용이었다.

"초보자 모집 건은 저에게 맡겨주시겠습니까?"

김갑진이 말했다.

루나교의 수석 프리스트답게 그 역시 평화를 지향했다. 신성이 생각하고 있는 것보다 더 이상적인 생각을 지니고 있었다. 에르소나와 있을 때는 현실에 타협했지만 지금은 상황 자체가 완전히 달랐다.

"생각해 놓은 거라도 있어?"

"일단 봉쇄령이 풀리게 되면 초보자의 가족이 세이프리로 올 테니 처음에는 그들의 가족 위주로 선발하려 합니다. 물론 세이프리 아카데미에서 철저히 교육할 생각입니다. 영혼의 상태, 그리고 성향도 봐야겠지요."

"나쁘지 않은 계획이군."

"일정한 숫자는 지구에 할당해서 전략적으로 이용하는 방법도 찾아보겠습니다. 잘만 이용하면 자금적인 부분도 어느 정도 해소가 가능할 것 같습니다."

신성은 고개를 끄덕였다. 그와 루나교의 신관들이 선발하는 초보자는 분명 제대로 된 사람일 것이다. 신성이 일일이 신경 쓸 수 없는 만큼 이 사안은 김갑진에게 맡기는 것이 좋을 것 같았다.

"좋아, 자금을 지원해 줄 테니 책임지고 완수하도록."

"감사합니다."

지금도 업무 때문에 많이 바빴지만 김갑진은 대단히 의욕이 넘쳤다. 그는 모든 종족이 어울려 사는 그런 도시를 꿈꿨다. 그가 대도시가 나타나자 에르소나와 다른 상위 종족들에게 등을 돌린 것은 그 이유가 컸다.

세이프리는 가능했다.

세이프리에서는 지금도 모든 종족이 모여서 같이 협동하고 있었다. 그것이 가지는 힘과 가능성은 어마어마했다.

천상의 도시라는 이름이 무척이나 잘 어울렸다.

김갑진이 잠시 생각하다가 씨익 웃었다. 그 미소는 신성과 많이 닮아 있었다.

"너 방금 사악한 생각 했지?"

"악신의 보좌관이니 당연한 것 아닙니까? 나중에 루나 님께 용서를 구하면 됩니다."

"그것 참 편리한 시스템이군."

악신의 보좌관이 되다 보니 성향에서 제법 자유로워진 김갑진이다. 김갑진이 나중에 암흑 사제로 전향하는 것이 아닌가 생각이 될 정도로 지금 김갑진의 표정은 볼 만했다.

음모를 꾸미는 악의 간부를 보는 것 같았다.

신성은 김갑진의 그런 태도가 상당히 마음에 들었다.

"와아!"

짝짝짝!

신성이 마도 공학 시설 밖으로 나오자 세이프리 주민들과 마법사들이 손뼉을 치며 환호했다. 그들도 도시가 한 단계 성장했음을 느끼고 있었다. 루나의 탑에서 뿜어져 나오는 찬란한 빛이 세이프리의 모든 이를 축복하고 있었다.

사르키오가 감격한 듯 눈시울을 붉히고 있다. 가장 고생한 것은 사르키오와 마법사들이었다.

"사르키오 님, 이곳의 책임을 부탁드려도 되겠습니까?"

"어찌… 저같이 부족한 자에게 그런 중요한 자리를……"

"아닙니다. 사르키오 님이 계셨기에 마도 공학 시설을 완성할 수 있었습니다."

사르키오의 눈물샘이 폭발했다. 마법사들도 훈훈한 미소를 지으며 그 광경을 바라보았다. 김갑진은 신성의 그런 태도에 무언가를 짐작한 듯 고개를 끄덕였다.

김갑진이 파악한 신성은 인간적인 부분이 많았지만 그래도 드래곤이었다. 지배의 힘은 무척이나 대단해서 상대의 노동력을 극한까지 뽑아먹을 수 있었다. 신성이 베푼 호의에는 그보다 많은 책임이 따랐다. 신성의 보좌관이 된 김갑진은 그것을 여실히 깨닫고 있었다.

'불쌍하군.'

김갑진은 동정 어린 눈으로 사르키오를 바라보았다.

사르키오는 노년에 드래곤의 노예로 전직될 것이다.

신성은 그 자리에서 사르키오를 마도 공학 기술 연구국의 국장으로 임명했다. 감동으로 물든 사르키오는 마도 공학의 발전을 위해 뼈를 깎는 노력을 할 것이다.

그 노력은 바로 시작되어야 했다.

"사르키오 국장님께서 연구해 주실 것이 있습니다."

"그것이 무엇입니까?"

"비공정입니다."

사르키오는 무슨 말인지 몰라 주변 마법사들을 바라보았다. 그들도 당연히 모르는 눈치였다. 김갑진은 바로 비공정에 대해 설명해 주었다.

사르키오와 마법사들은 곤란한 표정을 지었다. 이제 마력 엔진에 대해 겨우 파악했는데 그것을 응용한 고위 기술을 원하고 있었다.

못하겠다는 말이 턱밑까지 치밀어 올랐다.

"부탁드립니다. 세이프리를 위협하는 적이 곳곳에 깔려 있습니다. 우리가 먼저 유리한 고지를 점해야 합니다. 사르키오 님의 손에 세이프리의 운명이 달려 있습니다."

신성의 간절한 말에 사르키오는 두 눈을 질끈 감았다. 그

누가 자신을 이렇게 믿어준단 말인가.

신성이 세이프리를 위협한 세력을 소멸시킨 이후 사르키오 역시 알 수 있었다. 신성이 마법의 근원이라 불리는 드래곤이라는 사실을 말이다.

드래곤은 모든 마법사의 우상이자 신이다.

비르딕에 있는 마법사들이 세이프리로 가기 위해 짐을 싸고 있다는 소리까지 들릴 정도였다. 그런 위대한 존재가 자신에게 부탁하고 있으니 거절할 수 있을 리 없었다.

"아, 알겠습니다. 책임지고 완수하도록 하겠습니다."

"감사합니다. 설계도는 저에게 있으니 사르키오 국장님께서는 기술 연구만 해주시면 됩니다. 아, 한 가지가 더 있군요. 드워프 쪽과 연계해서 마력 엔진의 대량 생산 체제도 갖춰주셨으면 합니다."

"대, 대량 생산까지 말입니까?"

"가능하시겠습니까?"

주위에 있던 마법사들이 은근슬쩍 고개를 저었다. 사르키오가 연구국장이 되었으니 그들의 소속도 자연스럽게 마도 공학 기술 연구국으로 배치되었다. 사르키오가 승낙하는 순간 그들에게는 지옥이 열릴 것이다.

사르키오는 신성에게서 커다란 압박감을 느꼈다.

"크, 크흠. 해보겠습니다."

"역시 사르키오 국장님이십니다. 이번 연구를 통해 얻는 것이 많을 것입니다. 마법에 관한 지원을 아끼지 않을 테니 힘을 내주시기 바랍니다."

신성의 말에 사르키오의 열정이 다시 타올랐다. 그는 마법을 위해서라면 모든 것을 다 바칠 각오가 되어 있었다. 그러나 앞으로 닥칠 일을 생각해 보니 또다시 마음이 복잡해졌다.

신성은 만족스러운 미소를 지었다. 사르키오의 복잡한 마음을 아는지 모르는지 세이프리 주민들은 사르키오에게 축하 인사를 건네었다.

신성과 김갑진은 연구 단지를 빠져나왔다.

김갑진이 고개를 끄덕이며 신성을 바라보았다.

"대단하십니다."

"뭐가?"

"아직 마력 엔진이 생산조차 되지 않았는데 비공정을 요구하시다니… 전 조금 더 시간을 두고 진행하실 줄 알았습니다."

"놀면 뭐 해. 일해야지."

"과연 악신이십니다. 좋은 공부가 되었습니다. 저도 참고하겠습니다."

"좋은 생각이야."

김갑진은 여러 계획을 세웠다. 어둠이 김갑진의 주변에 내려앉았다.

"앗, 성향이 떨어졌군요. 잠시⋯⋯."

대단한 생각을 한 모양이다.

김갑진은 그 자리에서 고개를 숙여 기도했다. 그러자 다시 빛이 감돌며 성향이 회복되었다.

"그거 편리하네."

"제 마음은 영원한 선입니다. 머리만 사악할 뿐이지요."

신성은 피식 웃었다. 김갑진도 신성을 따라 웃었다.

스산한 기운이 주변으로 퍼져 나갔다.

＊　　　＊　　　＊

엘프 마법사이던 레이느는 본래 활발한 성격이었다. 차분한 엘프답지 않은 모습이었지만 그 모습이 호감을 자아내서 많은 파티에서 러브콜이 들어오곤 했다.

레이느가 차갑게 변한 것은 그 일을 당하고 나서였다. 악신을 영접했다고 말하더니 레이느는 그 이후 모든 연락을 끊고 자취를 감추었다.

휘익!

레이느는 밤이 되면 왼쪽 가슴에 용의 머리가 그려진 검은 로브를 둘러쓰고 세이프리를 가로질렀다. 세이프리의 밤은 밝았지만 그녀가 향한 외곽은 어두운 편이었다.

세이프리의 영토가 늘어나며 생겨난 땅이었는데 현재는 아무것도 없는 방치된 땅이었다.

그녀는 엘프다운 가벼운 몸놀림으로 빈 땅으로 진입했다.

빈 땅에는 지구에서 가지고 왔는지 드럼통 몇 개가 세워져 있고 그 안에서 불이 타오르고 있었다. 레이느가 등장하자 주변에 있던 검은 로브를 입은 자들이 그녀에게 인사를 했다. 그 숫자가 백여 명에 달하고 있었다.

"모두 모이셨군요."

"사악한 어둠이 우리를 이끌어주셨습니다."

레이느가 두 손을 모았다. 그러자 검은 로브를 입은 자들이 그녀와 같이 두 손을 모았다.

"어둠이 우리와 함께하길."

"어둠이 우리를 축복하길."

레이느의 말에 검은 로브들이 뒤이어 말했다. 레이느는 잠시 모여 있는 검은 로브들을 바라보았다. 레이느의 눈에 감동이 서려 있다.

"예비 신도 여러분, 그동안 고생 많으셨습니다."

레이느의 눈에서 한 줄기 눈물이 흘러내렸다. 레이느는 인벤토리에서 종이 한 장을 꺼내 그들에게 보여주었다.

"오오! 드디어!"

"아아! 악신이시여!"

"드디어 염원하던 일을 행할 수 있게 되었군요!"

검은 로브들이 환호했다. 레이느가 들고 있는 것은 토지 소유 문서였다. 레이느와 검은 로브들은 가지고 있던 모든 장비를 팔아 돈을 모았다. 그렇게 돈을 모아 좋은 땅을 사려했지만 돈이 부족해 이 외곽에 있는 허름한 땅밖에 구할 수가 없었다. 그러나 땅을 소유했다는 것 자체가 그들에게는 커다란 힘이 되어주었다.

이 땅에 암흑 신전을 세울 수 있었기 때문이다.

"선지자님, 제단이 준비되었습니다."

레이느는 그들에게 선지자라 불렸다. 레이느는 매일 밤 어떤 꿈을 꾸었다. 황금 사막에서 거대한 흰 거미를 탄 누군가가 그녀에게 어떤 말을 전해왔다.

'마력 코인을 바쳐라. 그것이 그대들을 이끌어줄 것이다. 어둠으로 물든 탐욕의 힘이 함께할지니⋯⋯.'

레이느는 확신했다. 말을 전해준 그 존재는 악신의 대리인이 분명했다. 자신으로 하여금 어둠의 기적을 행하게 하려고 계시를 내린 것이다.

레이느 정도까지는 아니지만 그 영향을 받은 많은 이들이 그녀의 곁으로 모여들었다. 레이느를 포함해 정확히 101명이었다. 암흑 신전을 세울 수 있는 요구 조건에 딱 맞았다.

그녀는 제단 앞에 섰다. 그녀에게 많은 힘을 보태준 견인족 메리가 제단 옆에 서 있다. 레이느는 메리와 눈을 맞추고 고개를 끄덕였다.

드럼통 사이에 있는 제단은 붉은 액체로 뒤덮여 있었다. 그 주위에 어설프게 붉은 액체로 그려놓은 마법진이 있었다.

"제물은 준비되었습니까?"

"예, 선지자님."

메리는 음침한 미소를 지으며 역시 붉은 액체가 묻어 있는 주머니를 꺼냈다. 레이느 역시 씨익 웃었다. 어둠의 기운이 가득 서려 있는 주머니를 열었다.

그곳에 있는 것은 수북하게 쌓여 있는 마력 코인이었다. 강렬한 페인트 냄새가 났다.

레이느의 눈썹이 꿈틀거렸다.

"페인트군요."

"생피는 조금 거부감이 들어서……."

"…잘하셨습니다."

메리와 마찬가지로 엘프인 그녀도 생피는 거부감이 들었다. 어쨌든 같은 붉은색이니 제물만 제대로 바친다면 괜찮을 것으로 생각했다.

제단에 마력 코인을 올려놓고 레이느가 무릎을 꿇자 모든 검은 로브도 따라서 무릎을 꿇었다. 간절한 기도가 시작되자 제단에서 어두운 기류가 뿜어져 나오더니 마력 코인이 사라졌다.

레이느는 감동한 눈으로 제단을 바라보았다.

[암흑의 금역이 탄생하였습니다.]

*[F-] 허름한 땅→[D] 암흑의 금역

*암흑의 금역에서 암흑 마력이 생성됩니다.

[암흑의 금역에 초라한 암흑 신전이 세워졌습니다.]

[F-] 초라한 암흑 신전.

드럼통과 제단으로 이루어진 열악한 신전.

악신의 신도를 임명할 수 있다. 신전의 제단에서 암흑 마법을 습득할 수 있고, 신학교를 세워 암흑 마법에 대해 연구할 수 있다. 암흑 사제로 전직하기 위해서는 보다 높은 랭크의 신전이 필요하다.

[악신의 선지자가 탄생하였습니다.]

[악신의 신도가 탄생하였습니다.]

[매월 2S가 악신에게 전송됩니다.]

레이느는 감동하며 하늘을 향해 두 손을 뻗었다. 악신의 신도들도 마찬가지였다. 어둠이 그들을 축복하고 있었다.

레이느는 자리에서 일어나 신도들을 바라보며 입을 떼었다.

"암흑 신전을 제대로 세우고 발전시킵시다!"

"오오!"

"모두가 힘을 합쳐 이곳에 어둠의 탑을 세우는 것입니다!"

"와아아!"

그 허름한 곳이 어떻게 변할지 지금은 아무도 몰랐다.

CHAPTER 5

천상의 도시 세이프리Ⅱ

빠르게 발전해 나가는 세이프리만큼이나 신성은 바빴다. 오전에는 집무실에서 업무를 보았고, 해가 지기 전까지 세이프리를 돌아다니며 진행 상황을 직접 두 눈으로 확인했다.

현재 가장 중점을 두고 있는 마도 공학 기술 연구국에 수시로 방문해서 독려를 가장한 압박을 하는 것도 잊지 않았다.

신성은 드래곤 레어의 상점에서 마법에 관한 책들을 구입해 마도 공학 기술 연구국에 배치해 연구국 소속이라면 언제든 열람할 수 있게 하였다. 그것은 마력 코인이나 아이템을 보너스로 주는 것보다 훨씬 좋은 효과를 불러왔다. 마도 공학에 관한 조언도 잊지 않았다.

그리고 해가 진 시점부터는 세이프리 전력 강화 계획을 실행했다. 바로 신성을 중심으로 한 레벨 업과 마석의 수호자 수집 작업이었다.

마석의 수호자는 필드에 나오면 1레벨이 되지만 파티를 맺게 하여 키울 수 있다는 장점이 있었다.

그 말은 본래 마석의 수호자가 지닌 레벨을 뛰어넘을 수도 있다는 말이었다.

정예 몬스터와 일반 몬스터는 일꾼으로 분류되어 필드에 나올 수 없다는 것이 아쉬웠지만 마석의 수호자를 키운다면 충분히 세이프리 방어 전력으로 쓸 수 있을 것이다. 게다가 신수로 등록하게 된다면 더 강력한 모습으로 재탄생되니 기대가 되었다.

"신성 님, 버프가 준비되었습니다!"

김갑진이 외쳤다.

신성은 현재 비활성 마석의 보스 방에 와 있었다. 김갑진과 많은 수의 고위 신관들이 신성에게 각종 버프를 걸어주고 힐을 쏟아 부으며 비활성 마석을 정복해 가고 있었다.

콰가가가가가!!

신성은 김갑진의 목소리가 들리는 순간 알았다는 신호를 보냈다. 보스 방을 가로지르며 달려나가는 그의 뒤에는 거대한 골렘이 뒤따라오고 있었다.

마석의 수호자인 폭풍의 골렘이다.

63Lv

[E+] 폭풍의 골렘(보스)(중형)(마석의 수호자)

거대한 크기의 골렘

돌로 이루어진 폭풍을 일으킨다고 알려져 있다. 단단한 내구력을 지녀 웬만한 공격에는 흠집도 나지 않는다.

*드롭 아이템 : [E+] 중급 마정석, [D-] 골렘의 무기 상자, [E+] 골렘의 핵, [E+] 대지의 수정

골렘의 거대한 주먹이 신성을 덮쳐왔다. 신성이 옆으로 피하자 골렘의 주먹이 바닥에 꽂혔다.

콰아아앙!

엄청난 파괴력이다. 바닥이 박살 나며 먼지가 솟구쳤다. 신성의 몸보다 적어도 다섯 배는 큰 골렘의 공격 하나하나가 필살기 수준이었다.

마석의 수호자의 시선을 끌고 있던 신성이 사정거리까지 다가오자 김갑진과 신관들이 신성을 향해 손을 뻗었다.

그러자 신성을 향해 엄청난 버프가 쏟아져 내렸다.

[E+] 물리 공격 랭크 상승

*1단계 상승(10분)

[E+]마법 랭크 상승

*1단계 상승(10분)

[T] 근력 증가

*근력 +50(10분)

[T] 민첩 증가

*민첩 +50(10분)

[T] 내구 증가

*내구 +50(10분)

순식간에 정보창에 버프 효과가 떠올랐다. 수많은 버프를 받자 신성은 힘이 솟구치는 것을 느꼈다. 김갑진과 그가 이끄는 엘리트 신관들의 버프는 하나하나가 대단한 위력을 자랑했다.

오로지 신성만을 위한 버프는 그동안의 마석 사냥을 통해 더욱 정교해져 있었다.

골렘이 신성을 향해 다시 주먹을 내려치는 순간 신성이 그 자리에 멈추며 뒤로 돌았다. 주먹은 신성의 머리 바로 위에까지 도달해 있다.

신성이 두 팔을 들었다.

콰앙!

골렘의 주먹을 손으로 막았다.

신성의 몸이 크게 흔들리며 땅속으로 파묻히는가 싶더니 검은 기류가 폭발하며 암흑 마력으로 이루어진 어둠의 기둥이 치솟았다.

콰가가!

골렘의 주먹을 녹여 버리며 등장한 것은 반룡화 현신의 암흑룡이었다.

막대한 버프를 받은 암흑룡은 두려움 그 자체였다. 단단한 내구를 자랑하는 골렘이었지만 암흑 마력은 그야말로 천적이었다. 암흑 마력에 닿자 골렘의 몸 자체가 융해되기 시작했다. 신성의 날카로운 주먹이 골렘을 후려쳤다. 골렘이 뒤뚱거리다가 뒤로 넘어졌다.

신성은 시간을 끌 필요 없이 바로 브레스를 사용했다.

막대한 암흑 마력이 뿜어져 나가며 거대한 골렘의 몸과 부딪쳤다. 골렘은 반항하려 했지만 이미 몸이 흐느적거리며 녹아내리고 있었다. 융해 속성을 지닌 브레스에서 자비 따위는 찾아볼 수 없었다.

골렘의 몸이 모두 녹아버리며 골렘의 몸에 있던 붉은 핵이
바닥에 떨어졌다.

신성은 반룡화 현신을 풀며 핵으로 다가갔다.

콰득!

핵을 발로 밟아 부수었다.

[드래곤의 힘으로 마석의 수호자를 토벌하였습니다.]
[마석의 수호자가 드래곤의 힘 앞에 굴복합니다.]
[지배의 힘으로 '던전 코인' 작성이 완료되었습니다.]
[드래곤의 피가 강해집니다. 용55 : 인 : 45]

신성 앞에 빛무리가 뭉치며 던전 코인이 나타났다. 신성은
골렘이 새겨진 던전 코인을 손에 들었다.

[던전] [E+] 폭풍의 골렘 던전 코인

폭풍의 골렘이 잠들어 있는 던전 코인. 드래곤 레어에 등록
할 수 있다.

몬스터 정보

1. 폭풍의 골렘(보스)

2. 큰 손 골렘(정예)
3. 흙 골렘(일반)

던전 정보
수호자 : [E+] 폭풍의 골렘(보스)
자원 : [E-] 쓸모없는 보석
일꾼 : [T] 큰 손 골렘(정예), [T] 흙 골렘

[LEVEL UP]

레벨 하나가 더 올랐다. 김갑진을 포함한 신관들도 마찬가지였다. 비활성 마석을 토벌하며 65레벨까지 올린 신성이다. 부활이 안 되는 지역이니만큼 최대한 신중히 토벌해 나갔기에 레벨 업은 빠른 편은 아니었다.

스킬 랭크의 상승은 확실히 느린 편이었다. 스킬 포인트의 요구량은 점점 많아져 현재 레벨 대에서는 [D] 랭크를 넘기기 힘들었다. 신성은 마법이나 전투 기술보다는 드래고니안 스킬에 주력하고 있었다. 드래고니안 스킬은 반룡화 현신을 할 때 가장 영향을 주는 스킬이니 중점적으로 투자하는 것이 옳았다.

'카르벤이 와도 버틸 정도는 되겠군.'

현 시점에서 카르벤이 풀려날 가능성은 적었지만 신성과 김갑진은 그에 대비하고 있었다.

50레벨 보스 카르벤과 비교해도 15레벨이나 높았지만 카르벤을 단독으로 잡을 수 있는 레벨은 아니었다. 카르벤은 3페이즈까지 존재했고, 한 페이즈를 넘길 때마다 봉인되어 있던 힘이 풀리며 레벨이 급격히 상승했기 때문이다.

때문에 서비스 초기에 가장 악명 높은 보스로 불린 것이다. 게다가 플레이어를 죽일수록 레벨 업을 하는 마족의 종족 특성을 지니고 있었다. 카르벤을 토벌하려면 최소한 레벨 70이상에 좋은 장비를 가지고 있어야 했다.

레벨이 큰 폭으로 오른 골드레빗이 돌아다니면서 아이템을 줍고 있다. 이제는 제법 덩치가 커져 보스 몬스터다운 모습을 보여주고 있었다.

"이제 마석의 수호자도 셋이 되었군요."

김갑진이 다가오며 말했다.

김갑진의 뒤에는 마치 불길을 보는 것 같은 털을 지닌 늑대가 따라오고 있었다. 얼마 전에 토벌한 마석의 수호자였다. 파이어 울프라는 몬스터였는데 상당히 까다로운 놈이었다. 지금은 레벨이 낮아 덩치는 작은 편이었다.

"골드레빗의 레벨이 30이 되었으니 신관들을 붙인다면 충분히 파티 사냥이 가능할 겁니다. 그럼 초보 신관들도 빠르게 레벨 업을 하겠지요."

"골드레빗은 탱과 딜이 모두 가능한 몬스터이니 충분할 거야. 루나교의 신수로 임명한다면 초보자들도 이해하겠지."

"음, 마석 두 개를 놓친 것이 아쉽군요. 이곳의 던전 자원도 쓸모가 없고요."

지금까지 골렘의 마석까지 포함해 50레벨 이상의 마석을 네 개 정복한 신성과 김갑진이다.

마석의 수호자를 잡는다고 모두 굴복되는 것은 아니었다. 보통은 압도적인 힘으로 박살 내면 굴복했지만 다른 조건들도 있었기에 놓친 마석의 수호자도 있었다.

"그래도 그동안 질 좋은 것들은 건졌으니 괜찮아. 곧 하급 마정석과 강화석을 안정적으로 공급할 수 있을 거야."

"곧 중앙 상점이 완공되니 하급 자원이라도 초보자들에게는 큰 도움이 될 겁니다."

수집한 다른 두 곳의 던전에서는 하급 마정석과 제법 랭크가 높은 강화석이 나왔다.

마음 같아서는 속성석이 있는 던전 코인을 지배하고 싶었지만 보라색 마석은 30레벨 이하였으니 신성은 지배하지 않고 그대로 놔두었다. 세이프리 소속의 초보자들만이 이용할 수 있도록 말이다. 상당한 시간이 지났으니 보라색 마석의 시간도 다 소진되어서 곧 사라질 것이다.

"방금 그 골렘을 키운다면 대규모 레이드도 가능하겠군요. 거의 공성 병기 수준이었으니 말입니다."

"슬슬 대규모 마석도 생성되고 있으니 말이지."

가까운 거리에 비활성 마석 세 개가 존재하게 되면 간혹 융합되는데 마석의 힘이 상당히 강해져 대규모 레이드를 해야 하는 마석이 탄생하기도 했다. 물론 시간이 정해져 있으니 잡지 않아도 무방하지만 고급 아이템이 나오는 탓에 그냥 넘어갈 수 없었다.

"초보자들 전용 버스로 만들어도 괜찮을 것 같군. 그럼 평소대로 마석의 수호자들을 파티에 배치해서 레벨 업을 할 수 있도록 도와줘."

"알겠습니다."

골렘이 30레벨만 되어도 아마 그 레벨 대의 비활성 마석에서는 골렘을 당해낼 상대가 없을 것이다.

폭렙 골렘 버스가 탄생할지도 몰랐다. 잘만 키워놓는다면 혹시나 있을지 모르는 전쟁에서도 엄청난 위력을 자랑할 것이다. 신성은 강력한 힘이 뒷받침되어야 평화를 지킬 수 있다고 믿고 있었다.

마석 밖으로 나오자 벌써 해가 떠오르고 있었다. 저녁부터 새벽까지의 강행군이었다. 육체는 피로하지 않았지만 정신적인 피로가 쌓인 것을 느꼈다.

"오늘은 쉬시겠습니까? 일정을 미뤄도 괜찮습니다만……."

"비르딕의 귀족이 찾아왔다고 했던가?"

"네, 부활석 때문에 직접 찾아왔더군요. 엘프뿐만 아니라 다크엘프, 수인족 대표들도 오고 있다고 합니다. 드워프들도 이제 움직이는 추세이고요. 각 대도시 대표들이 세이프리에 다 모일 것 같습니다. 지금 지구의 뉴스에서 계속 보도되고 있습니다."

신성은 비르딕이 그 조건을 받아들이겠다고 한 기억이 났다. 다른 대도시들도 똥줄이 타기는 마찬가지인 것 같았다.

각 대도시가 있는 지구의 국가들은 최대한 그들을 지원해 주고 있었다.

세이프리로 가는 이들을 위해 전용 비행기도 마련해 주었고, 한국 측과 연락해 환영 행사까지 계획하고 있었다. 그러나 정작 세이프리는 차가운 태도였다. 그들이 세이프리에 들어오려면 다른 이들과 마찬가지로 엄격한 입국 심사를 받아야 할 것이다.

그렇다고 해도 그들이 거부할 방법은 없었다.

'50레벨 마석이 깔려 있으면 뭐 하나. 잡다가 다 죽어나가는데.'

부활석이 있다면 모를까, 40레벨을 겨우 넘은 이들이 50레벨의 마석을 별 피해 없이 잡을 수 있을 리 없었다. 대도시의 주민들도 있었지만 그들 모두 전투가 가능한 것은 아니었다.

인명 피해는 숫자가 한정된 그들에게는 치명적인 손해였다. 엘프들에게는 정령의 나무가 있기는 하지만 다크엘프와 분쟁 중이었으니 제대로 사용할 수 없었다.

현 시점에서 레벨 업이 가장 빠른 것은 세이프리였다. 신성은 벌써 부활석을 추가로 만들어 레벨 40대의 마석 주변에 배치하는 중이었다. 이대로 도시가 무난하게 성장하여 랭크가 올라간다면 서울 전체에 부활석을 깔 수 있을 것 같았다. 그럼 세이프리가 존재하는 한 서울 안에서의 죽음은 사라지게 된다.

다른 대도시들이 규모가 훨씬 크고 좋은 스킬을 배울 수 있을지는 몰라도 그것을 온전히 발휘할 수 있는 레벨이 되지 않았다. 그런 장점마저 세이프리는 넘어서려 하고 있었다. 신성은 이미 세이프리 아카데미에 드래곤 레어에서 구입한 좋은 기술들을 배치하고 있었다.

시범적으로 교관들에게 익히게 하였으니 조만간 레벨이 그럭저럭 높은 초보자들에게 가르쳐 줄 수 있을 것이다.

'종족 각성도 달라져서 아마 세이프리의 특성에 맞게 바뀌겠지.'

각 종족의 대도시에 가서 종족 각성을 할 수 있었지만 세이프리도 루나와 자신이 있으니 권능을 통해 종족 각성 퀘스트를 줄 수 있었다. 아마 도시 특성에 맞춰 새로운 종족과 직업이 나타나지 않을까 짐작되었다.

"좋은 시기에 도착하겠군. 전부 다 중앙 상점 완공 시기에 맞춰서 출입시켜."

"좋은 생각이십니다. 그들의 표정이 참 볼 만하겠군요."

"세이프리가 어떤 곳인지 확실히 보여줘야겠지."

"초보자도 일부 모집해 배치해 놓겠습니다. 음, 아이들이 좋겠군요. 아르케디아인 중에는 아이들이 없으니까요."

신성과 김갑진의 얼굴에 미소가 걸렸다.

그들의 음산한 미소에 신관들이 몸을 흠칫 떨었다.

"오늘은 쉬어야겠어."

"네, 알겠습니다. 간만의 휴식이시군요."

신성은 아쉬울 것이 하나도 없었다. 지금은 세이프리를 무시한 자들이 타들어가는 똥줄을 참으며 발을 동동 굴러야 할 때였다.

*   *   *

드래곤 레어로 돌아온 신성은 잠시 레어 주변을 바라보았다. 두 개의 던전이 숲에 위치해 있었는데 일꾼들이 교대로 일을 하고 있었다. 드래곤 레어의 등급이 오르면서 고용 가능한 일꾼의 숫자도 늘어났다. 늘대들에게 달린 수레 위에 채집한 광물이 가득 쌓여 있다. 빅베어가 캐고 늘대들이 운반하고 있었다.

늘대들은 파이어 울프의 던전을 손에 넣으면서 얻은 일꾼들이다.

"음, 수고하는군."

구워워!

"계속 열심히 해. 괜히 작업반장 시켜준 게 아니니까."

빅베어가 알았다는 듯 손을 흔들었다.

신성은 바로 저택 안으로 들어갔다. 디아나가 청소기를 가동하고 있다. 디아나가 직접 드래곤의 상점에서 산 것이다.

"환영!"

디아나가 신성을 맞이했다.

디아나의 뒤로 해골 병사들이 대걸레를 들고 따라다니고 있었다. 일부는 일꾼으로 배치했고 일부는 디아나의 부하로 넣어주었다. 디아나는 해골 병사의 검은 표면이 마음에 들지 않는지 드래곤 레어 상점에서 마력 염색약을 구입해 핑크색으로 염색해 놓았다. 리본까지 머리에 달고 있어 상당히 이상했는데 이제는 메이드 복까지 입고 있다.

"더 화려해졌네?"

"핑크 스컬 메이드 군단임. 전투도 가능."

"…수고해."

디아나는 상당히 뿌듯한 듯 보였다. 신성은 바로 집무실로 이동했다. 오늘 습득한 던전 코인을 등록하기 위해서였다. 집무실에 도착하자 루나가 소파에 앉아 꾸벅꾸벅 졸고 있다.

루나는 늘 신성을 기다렸다. 요즘 들어 신성이 바빠 보기가 힘드니 잠시라도 보기 위해 기다리고 있는 것이다.

신성은 루나에게 다가가 루나의 뺨에 손을 가져다 대었다. 따듯한 온기에 눈을 뜬 루나는 신성의 모습이 보이자 살며시 웃으며 신성의 품으로 파고들었다.

"오셨어요?"

신성은 피식 웃고는 인벤토리에서 아이스크림 케이크를 꺼냈다. 인벤토리에 들어가면 시간이 아주 느리게 가기에 저녁에 산 아이스크림이 아직도 녹지 않고 있었다. 아이스크림의 냉기가 느껴지자 루나는 잠이 확 깼다.

아이스크림을 보며 눈을 빛낸 루나는 무언가 생각났는지 신성을 바라보았다.

"신도들에게 축복을 내려줬어요."

"그래?"

신성은 요즘 한가해진 루나에게 자신의 신전을 관리해 달라고 부탁했다. 사막에 있는 신전과 요즘 갑자기 생겨 버린 암흑 신전을 관리하기에는 신성이 너무 바빴다. 아무래도 루나는 아르케디아의 대표적인 여신이니만큼 그쪽 방면으로는 신성보다 뛰어났기에 맡긴 것이다.

"그리고 어제저녁에 계시를 내렸어요."

"응?"

루나는 정보창을 신성에게 보여주었다. '아바타'라는 탭이 있었는데 계시를 내릴 때 나타나는 형상을 꾸밀 수 있는 곳이었다.

루나가 꾸민 아바타는 마치 마왕을 보는 것 같았다. 최종 보스 같은 그 모습에서 엄청난 위압감이 느껴졌다. 최근 읽은 만화책의 영향을 받은 것이 분명했다.

"귀엽게 하려고 했는데 디아나가 반대해서 일단 이렇게 했어요."

"음, 잘했어. 아무래도 귀여운 건 좀 그렇지."

"그런가요?"

디아나가 반대하지 않았더라면 아마 귀여운 토끼나 고양이 정도가 되었을 것이다.

계시 내용을 살펴보았다.

[연애 적극 권장!]

[검은 로브는 귀엽게 디자인할 것!]

[하루에 세 번 미소 짓는 연습하기!]

신성이 눈을 깜빡였다.

"신도분들이 많이 음침해 보여서요. 이렇게 하면 좀 더 밝아지지 않을까요?"

"일단 난 악신이긴 한데, 뭐… 괜찮겠지."

조금 애매하긴 했지만 큰 상관은 없을 것 같았다.

신전의 일은 체계적으로 잘 굴러가고 있었다. 루나는 고민 상담도 해주고 소원도 분류해서 잘 들어주었다. 확실히 발전해 나가는 것이 눈에 보일 정도였다.

*　　　*　　　*

엘브라스는 지구에서는 찾아볼 수 없는 높고 큰 나무들로 이루어진 거대한 숲이다. 전 세계 학자들의 관심이 쏠리는 것은 당연했다. 지구에서는 결코 볼 수 없는 생물들이 즐비해 있고, 숲이 이루고 있는 자연의 체계는 하나의 다른 행성과 마찬가지였으니 말이다.

그러나 그곳은 엘프 이외에는 출입이 되지 않았다. 아르케디아인이라 할지라도 다른 종족이면 예외가 없었다.

순혈의 왕족 중 가장 피를 진하게 이은 여왕 엘레나는 표정이 잔뜩 굳어 있었다. 아직 1차 각성도 하지 않아 어린 티가 낳지만 그래도 그녀는 엘프의 여왕이었다.

하이엘프의 정점에 있는 혈통을 지니고 있었다.

얼마 전 왕위를 계승한 그녀는 무척이나 큰 부담을 느끼고 있었다. 갑작스럽게 지구로 이동해 온 상황은 혼란 그 자체였다. 에르소나와 그녀의 길드원이 아니었다면 혼란은 수습되지 않았을 것이다.

"오늘은 푹 쉬시는 것이 좋을 것 같습니다. 내일부터 세이프리의 출입이 허용된다는 말이 있습니다."

그렇게 말하는 여인은 에르소나였다.

엘레나보다 오히려 더 진한 순혈을 지니고 있었다. 엘레나는 그녀가 여왕의 자리에 더 어울린다고 생각했지만 에르소나는 단호하게 거절했다. 앞으로 많은 전투를 해야 하는 입장에서 여왕이라는 직책은 제약이 많았기 때문이다.

하이엘프를 포함한 모든 엘프는 에르소나를 무척이나 어려워하며 왕족으로 대했다. 그저 족장의 지위만 있고 나머지는 다 평등한 다크엘프와는 상반된 분위기였다.

에르소나의 수호자 길드는 단번에 엘프들의 중추로 자리를 잡았고, 다크엘프의 진영에도 대형 길드들이 들어섰다.

'푹신하군.'

엘레나는 푹신한 침대에 누웠다. 창밖으로 비치는 빌딩 숲은 그녀에게 무척이나 낯설었다. 처음 비행기를 탈 때도 한참

동안 벌벌 떨어야 했다. 철로 만든 새를 타고 날아간다는 것은 생각치도 못한 일이었다.

에르소나가 하나하나 설명해 줘서 한국으로 온 지 일주일이 지난 지금에야 좀 익숙해진 느낌이 들었다.

그녀는 현재 한국 정부가 마련해 준 최고급 호텔의 VIP룸에서 지내고 있었다. 한국 정부는 무척이나 신경을 써주었는데 엘프가 고기를 먹지 않는다는 것을 알고 싱싱한 샐러드를 만들어 가져다 주었다.

"세이프리… 여신 루나 님께서 계시는 곳……."

"죄송합니다. 그런 대접을……."

"아니다. 충분히 이해하느니라."

에르소나가 포탈을 열고 세이프리로 진입하려 했지만 포탈은 막혀 있었다. 세이프리 소속이 아닌 이상 세이프리 밑에 마련되어 있는 공용 포탈로 줄을 서서 이동해야 했다.

엘프 여왕이라고 예외는 없었다. 다른 이들도 마찬가지였다. 수인족, 먼저 도착한 다크엘프들, 드워프와 페어리, 그리고 비르딕의 휴먼이 어색하게 거리를 두고 서 있는 모습은 큰 화제로 다뤄지기도 했다.

간신히 한 시간 넘게 기다려 세이프리에 올랐건만 입국 심사장에서 바로 퇴장을 당했다. 심사관은 엘프 마법사였는데 여왕인 그녀를 봐도 어떠한 예도 차리지 않았다. 엘프 마법사는 세이프리 주민이었기에 예의를 강제할 수단이 없었다.

심사관은 특이하게도 귀여운 해골이 그려진 검은 로브를 입고 있었는데 어둠이 느껴지는 사악한 웃음으로 엘레나를 비웃었다. 엘레나가 눈물을 찔끔 흘릴 정도로 오싹한 모습이었다. 질문이 괴상했는데 엘레나가 제대로 대답한 것은 하나도 없었다.

'어둠을 믿나?'

'선 동거, 후 결혼인가… 선 결혼, 후 동거인가?'

'자신이 귀엽다고 생각하나?'

전혀 예상치 못한 질문에 그녀는 굳어버렸다. 에르소나가 발끈하며 나섰지만 결국 페널티를 받았을 뿐이다.

난리를 친 비르딕의 휴먼 귀족들이 바로 강제 퇴장당하는 것을 본 다른 종족들은 조용히 물러날 수밖에 없었다.

에르소나는 생각에 잠겼다.

내일부터 입장이 가능할 것이란 정보는 김수정이 흘려준 것이다. 순수한 호의로 정보를 흘린 것은 절대 아니었다. 계획의 일부로 보였다.

'이신성… 그자의 사람이 되었지.'

에르소나 그녀가 생각한 것보다 신성은 뛰어난 자였다. 그저 스쳐 지나갈 뿐인, 아무도 거들떠보지 않던 세이프리를 그 정도로 키워냈다. 결국 모든 종족의 대표들이 찾아오게 만든 것이다.

다른 대형 길드의 무단이탈은 커다란 약점이 되었다.

에르소나의 수호자 길드는 정당한 절차를 밟아 이탈했지만 연대책임을 피할 수는 없었다. 남겨진 자를 생각하지 않고 떠난 것은 사실이었다.

루나의 슬픈 표정이 에르소나를 붙잡았지만 그녀는 감정에 휘둘리지 않고 냉정하게 이성에 따라 행동했다.

'드래곤… 최상위 종족 드래곤……'

신성의 밝혀진 정체는 신을 뛰어넘는 힘을 보유했다고 알려진 드래곤이었다. 현재 모든 면에서 그녀를 압살하고 있었다. 승부욕이 치솟아 올랐지만 간신히 억눌렀다.

"하하하! 이것 참 재밌구려. 3 대 0으로 내가 이겼소만."

"고몽 위원님, 한 판 더 하지 않겠습니까? 200C를 걸겠습니다."

"오, 좋지. 이번엔 내가 독일을 고르겠소."

에르소나의 귀에 떠들고 있는 수인족들의 목소리가 들렸다. 기본적으로 쾌활한 그들은 제일 먼저 지구에 적응했고, 주변의 인간들과 교류를 할 정도가 되었다. 대표 위원 자격으로 온 고몽에게 많은 수인족 아르케디아인이 붙어 있는 것도 도움이 되었을 것이다.

비르딕도 봉쇄령을 풀고 미국 정부와 협상 중이었다.

"내일은… 꼭 들어갈 것이다. 준비… 해……."

엘레나의 눈이 천천히 감기더니 잠에 빠져들었다. 에르소나는 작게 숨을 내쉬고는 이불을 덮어주었다.

에르소나 역시 휴식을 취할 생각이다. 내일부터는 힘든 기 싸움을 해야 하니 말이다.

다음 날, 아침 일찍 엘레나와 에르소나, 그리고 여왕 호위단은 호텔을 나와 세이프리로 출발했다. 한국 정부 측에서 파견한 경호원들이 대통령이나 탈 법한 차로 엘프들을 이동시켜 주었다.

세이프리 앞에는 한국의 대통령을 포함한 정치 인사들과 대기업의 주요 간부들이 나와서 손을 흔들고 있었는데 수많은 언론사가 그 모습을 전 세계로 보도하고 있었다.

대도시의 종족 대표들이 다 모이는 것인 만큼 한국 정부는 대단히 중요하게 생각하고 있었다.

시민들도 나와 한국을 찾아온 이들을 바라보았는데 엘레나가 차에서 내리며 세이프리로 향하자 감탄이 터져 나왔다.

하이엘프들의 호위를 받고 있는 엘레나의 모습은 아름다웠다. 아직 어린 티가 나기는 하지만 엘프 왕족의 복식을 갖춰 입고 있어 그야말로 환상적인 모습이었다. 그녀의 기품은 은은하게 빛을 발하는 숲의 드레스와 어울려 일반인들의 혼을 빼놓았다.

엘프들의 행진은 그 어떤 영화 속에서도 볼 수 없는 몽환적인 아름다움을 지니고 있었다.

가장 먼저 도착한 엘프들 뒤로 각 종족의 대표들이 등장했다. 가장 늦게 도착한 것은 드워프 대표들과 페어리들이었는데 그들은 직접 구매했는지 선글라스와 모자를 쓰고 한 손에 노트북 같은 전자 기기를 들고 있었다. 시민들의 환호 소리에 드워프들은 신이 나서 손을 흔들었다. 드워프의 앙증맞은 모습은 시선을 끌기에 충분했다.

"경박하기는."

"니네는 똥도 초록색이라지?"

"크으! 감히!"

"으하하! 사실인가 봐?"

여왕의 호위단 중 하나가 그렇게 말하자 드워프가 능청스럽게 그녀를 놀렸다. 에르소나가 손을 들자 그녀는 고개를 숙이며 뒤로 빠졌다.

엘레나가 드워프를 바라보았다. 드워프는 엘레나와 눈을 맞추어 절대 먼저 깜박이지 않으며 그녀와 기 싸움을 하기 시작했다.

엘레나가 조용히 웃었다.

"음, 그대가 착각하고 있군. 엘프는 똥을 싸지 않느니라."

"뭐?"

"그리 알도록."

엘레나의 말에 드워프들이 눈을 깜빡였다. 그런 드워프들을 뒤로하고 엘프 쪽이 가장 먼저 포탈을 이용했다.

엘레나가 긴장하며 입국 심사장으로 들어오자 검은 로브를 입고 있는 심사관이 그녀를 바라보았다.

"마음껏 질문해 보거라."

엘레나는 전 질문에 대한 답변을 이미 적어왔다. 그녀가 자신만만한 표정을 짓고 있을 때 심사관이 심드렁한 표정으로 입을 떼었다.

"통과. 그 뒤의 분들도 다 들어가세요."

통과라는 말에 놀란 엘레나는 쭈뼛쭈뼛 걸으며 세이프리 안으로 들어섰다.

입국 심사장 밖으로 나오자 세이프리의 전경이 눈에 들어왔다.

"대단하군."

엘레나는 물론 다른 종족들도 감탄했다. 대표와 같이 온 아르케디아인들 역시 똑같은 반응이었다. 아르케넷에 공개된 것보다 훨씬 달라진 모습이었다.

새롭게 지어진 건물들은 화려했고, 루나의 탑은 더욱더 밝은 빛을 발하고 있었다. 에르소나, 그리고 각 종족 대표를 보필하고 있는 아르케디아인들이 제일 놀란 것은 초보자들의 상태였다.

장비의 상태가 너무 좋았다. 모두 강화된 장비를 끼고 있었고 랭크 역시 레벨에 비해 높았다. 그들은 정보를 살펴보고 더 놀랄 수밖에 없었다.

[F+] 초보자 패키지 세트

골드 드래곤 길드와 루나교에서 초보자들에게 무료로 대여해 준 장비 세트. 세이프리 소속으로 전환하면 받을 수 있으며 세이프리 주민이 되면 한 랭크 더 높은 패키지 세트를 받을 수 있다.

*대여 기간 : 무기한

*세이프리 소속으로 전환하면 이벤트도 듬뿍! 9/31일까지 추가 이벤트 기간입니다!

[이벤트] 빛나는 강화석을 잡아라!

*동봉되어 있는 랜덤 박스에서 빛나는 강화석을 노려보세요!

에르소나는 침을 꿀꺽 삼켰다. 캐시 상인은 어느 대도시나 랜덤하게 출현하는 것으로 파악하고 있었다. 아니, 오히려 대도시에서 더 자주 출현할 확률이 크다고 생각했다.

아르케디아 온라인에서도 대도시에 더 많은 캐시 관련 NPC

가 있었기 때문이다. 그러나 지금까지 캐시 아이템에 관한 것은 찾아볼 수 없었다.

'빛나는 강화석… 세이프리와 캐시 아이템이 어떤 관계가 있는 거지?'

루나의 권능으로 소환했다고 보기에 랜덤 박스 이벤트는 너무 파격적이었다. 고민하고 있는 에르소나의 곁으로 아이들이 뛰어갔다. 손에 가득 도마뱀 꼬치구이를 든 채로 루나의 탑 쪽으로 뛰어가고 있었다.

대수롭지 않게 생각하던 에르소나는 크게 놀라며 비틀거렸다. 그것이 의미하는 바는 너무도 컸다.

"에르소나 경, 무슨 일인가? 안색이 나빠 보이는데……."

"…아닙니다."

엘레나가 묻자 에르소나가 숨을 고르며 대답했다.

다른 아르케디아인도 놀라긴 마찬가지였다. 세이프리 주민이 아니고서는 아르케디아인들 사이에는 아이가 없었다. 그러나 지금 뛰어가는 아이들은 아르케디아인이었다.

3레벨로 파악되었으니 결코 일반인은 아니었다.

복잡한 생각이 그들의 머릿속에 내려앉았다. 생각이 꼬이고 꼬이며 절대 풀리지 않을 실타래가 되었다.

종족 대표들이 세이프리의 풍경을 바라보고 있을 때 멀리서 금빛의 무언가가 다가왔다.

"몬스터?"

"보스 몬스터입니다!"

에르소나가 엘레나의 앞을 막아섰다.

호위단이 검을 뽑으려 했지만 갈등할 수밖에 없었다. 이곳에서 검을 뽑으면 세이프리의 적으로 간주되기 때문이다. 나타난 몬스터에게 적의가 없는 것을 파악한 호위단이 검을 뽑지 않고 경계를 했다.

그들의 앞에 나타난 것은 골드레빗이었다. 35레벨을 돌파해 대단한 덩치를 지니게 된 골드레빗은 보스 몬스터다운 기세를 뿌렸다. 골드레빗의 등에서 내린 것은 메이드 복장을 한 여인이었다.

드워프들은 그녀를 보자마자 충격을 받았는지 넋이 나가 무릎을 꿇었다.

"마, 마도 공학의 저, 정수!"

"허억!"

"마, 말도 안 돼! 세이프리가 벌써 이 정도까지!"

"서, 설마 드, 드래곤의 힘인가?"

드워프 대표뿐만 아니라 아르케디아인들도 좌절감을 맛보고 있었다. 눈앞에 나타난 존재는 아르케디아 온라인에서조차 설정으로만 언급되던 것이 인공 생명체였다.

"안내해 줌."

디아나가 골드레빗을 탕탕 치자 골드레빗이 고개를 돌리며 초보자들을 향해 다가갔다.

"오, 골드레빗 님!"

"오늘도 파티 콜?"

"마력 당근 두 세트 드릴게요. 레벨 1업 당 한 세트씩 추가로 드리고요."

"구어어."

골드레빗이 엄지 손톱을 치켜들었다.

골드레빗과 초보자들이 파티를 형성하더니 포탈을 타고 사라졌다.

"빨리 이동할 거임."

멍한 정신을 수습하기도 전에 디아나의 뒤를 따라가야만 했다. 디아나의 뒤를 따르고 있는 모습은 마치 단체 관광을 온 관광객 같았다.

세이프리는 활기가 넘쳤다. 초보자들은 의욕적으로 움직였고 어딜 가든 시끌벅적했다. 엘레나의 눈으로 본 그들의 마음은 행복이 넘치고 있었다. 정체되어 있는 엘브라스와는 너무나 다른 모습이었다. 더욱 놀라운 것은 저들 안에 엘프도 상당히 많다는 것이다.

세이프리가 엘프의 성향을 바꾸고 있었고, 더 발전할 수 있는 길을 열어주고 있었다. 저들이 각성한다면 기존의 엘프와는 다른 모습이 될 것 같았다.

"오늘 중앙 상점 첫 경매함. 보고 갈 거임? 어차피 오래 기다려야 함."

디아나의 말에 수인족들이 고개를 끄덕였다. 드워프도 마찬가지였다. 그들 역시 극비리에 세이프리에서 좋은 아이템이 나온다는 말을 들은 적이 있었다. 김수정의 정보 공작이었지만 그들은 눈치채지 못했다.

"우리도 보고 가도록 하지."

"알겠습니다. 인파가 많습니다. 손을 잡으시지요."

"으, 음. 알았다.

엘레나의 말에 에르소나가 고개를 끄덕이며 손을 뻗었다. 엘레나는 에르소나의 손을 잡고 디아나를 따라 천천히 걸었다.

"세이프리 따위가 아이템을 팔아봤자 하급품이겠지."

"맞습니다. 비르딕의 제품과는 비교할 수도 없겠지요."

비르딕의 귀족들은 비웃음을 머금었다. 세이프리에서 파는 것들이 예상되었기 때문이다. 어차피 비르딕과 비교한다면 하늘과 땅 차이일 것이다.

그런 생각은 바로 무참히 깨지고 말았다.

상업 특구에는 많은 건물이 들어서 있었다. 중앙에는 원형 모양의 상점이 있었는데 전부 경매 시스템을 갖추고 있었다.

"이, 이럴 수가?"

"레어? 아, 아니, 이건……."

"허억! 이 스태프는……."

상점가에서 파는 아이템은 충격 그 자체였다. [E-] 랭크의 고블린 무기 상자는 물론이고 더 높은 랭크의 레어 아이템도 경매를 붙이지 않고 정가에 판매하고 있었다.

그것들 모두에는 빛나는 드래곤의 마크가 새겨져 있었다. 수인족 중 하나가 다가가서 사려고 했지만 상인은 고개를 저었다.

"세이프리 소속만 구입할 수 있습니다. 예전에 배신을 당해 생긴 정책이라더군요. 루나 님이 상심이 크셨습니다. 지금 당장에라도 그놈들을 때려 죽… 아하하, 죄송합니다."

수인족 중에 무단이탈을 한 길드 소속의 아르케디아인이 상인의 말을 듣고 움찔했다.

수인족 아르케디아인은 충분히 구입하고도 남을 마력 코인이 있었지만 살 수 없었다. 초보자 하나가 다가오더니 그가 탐낸 것을 바로 구입해 갔다. 수인족 아르케디아인은 멍한 표정으로 초보자의 뒷모습을 바라보고 있을 수밖에 없었다.

에르소나는 이것들이 황금 사막에서 신성이 쓸어간 아이템임을 알 수 있었다. 비르딕의 귀족들은 아이템에 넋이 나가 정신을 차리지 못했다.

"뭐 함? 안 오면 먼저 가겠음."

놀라기에는 아직 일렀다.

디아나가 차가운 말투로 말하자 정신을 차린 그들은 중앙 상점으로 다가갔다. 상가 정중앙에 많은 이들이 모여 있었다.

에르소나를 포함한 아르케디아인 모두가 진열되어 있는 아이템을 보고 휘청거렸다.

"미친! 캐시템!"

"캐시 상점이라고?"

간판에는 '루나의 성스러운 상점'이라고 적혀 있었다. 그곳의 정체는 제법 큰 규모를 자랑하는 캐시 상점이었다.

"중앙 상점 첫 경매를 실시합니다! 참가만 하셔도 사은품을 드리니 세이프리 주민이라면 꼭 참여하세요!"

캐시 상인이 몰려온 많은 이들을 바라보며 말했다. 사은품으로는 빛나는 강화석을 낮은 확률로 얻을 수 있는 랜덤 박스가 있었다.

"첫 경매 상품은 여름 특별 상품! 푸른 바다의 비키니입니다!"

[D+] 푸른 바다의 비키니(에픽)

푸른 바다의 기운을 머금은 비키니 수영복. 물에서 숨을 자유롭게 쉴 수 있게 해주고 낚시 랭크를 두 단계나 상승시켜 준다. 개봉 즉시 랜덤으로 추가 스탯이 붙는다. 조금 불편하긴 하겠지만 속옷 대용으로도 가능하다.

푸른 바다의 비키니를 입고 있으면 물 안에서 보물을 찾을 확률이 높아진다. 강화를 하면 스탯뿐만 아니라 비키니에 붙어 있는 특수 능력 역시 상승한다.

*???

*???

*???

(근력, 내구, 민첩, 매력, 정신력, 의지력 등의 스탯이 추가된다.)

"오! 저거 초창기 한정품이었잖아! 그것도 뽑기템이었고."

"수중 던전에서 쓰면 장난 아니겠는데?"

"남자가 입어도 되나?"

"안에 입는다면… 괜찮지 않을까?"

벌써 분위기가 후끈했다.

엘레나는 그런 활발한 분위기에 살짝 놀랐다. 그러다가 비키니를 보곤 얼굴을 붉혔다. 주요 부위만을 가리는 저런 천 쪼가리를 왜 탐내는지 이해가 되지 않았다.

능력치만 보면 대단한 아이템이긴 하지만 저런 부끄러운 것을 입을 수 있을지 의문이다.

"에르소나 경."

"아… 네. 말씀하시지요."

"에르소나 경도 저 상스러운 것이 필요한가?"

"…속에 입는다면… 전투력이 크게……."

에르소나의 말에 엘레나는 소리 내어 웃었다. 늘 냉정하던 에르소나가 상당히 아쉬워하는 표정을 짓고 있었기 때문이다.

"오! 오늘은 외부인이 많군요. 세금이 붙기는 하겠지만 이번 물품에 한정해서 외부인도 특별히 참여할 수 있는 기회를 드리겠습니다! 루나 님의 특별 지시입니다!"

에르소나를 포함한 아르케디아인의 표정이 달라졌다.

"에르소나 경, 과인을 믿거라."

"네?"

엘레나는 에르소나를 위해 비록 상스러운 것이라 할지라도 사고 말겠다는 의지를 불태우고 있었다.

CHAPTER 6

세이프리 정상회담

신성은 눈앞에 있는 종족 대표들을 보며 씨익 웃었다. 캐시
아이템 상인으로 변장하고 있는 그를 알아보는 이는 없었다.

저번처럼 신성이 거창하게 경매를 진행할 필요는 없었다.
바로 중앙 상점 완공 시점에 딱 맞춰서 개발이 완료된 세이프
리 경매 시스템 덕분이다.

상점 앞에 마력으로 만들어진 스크린이 떠올라 아이템의
정보를 볼 수 있었다. 경매에 참여하는 자들 앞에도 조그마한
창이 떠올라 즉석에서 가격을 입력할 수 있었다.

세이프리 주민들에게는 입찰 회수가 정해져 있지 않았지만

외부인들에게는 정해져 있었다. 입찰된 상품은 즉석에서 바로 거래창 형태로 수령되며 마력 코인은 상점 내의 창고로 이동되게 된다.

첫 아이템만 개시를 알리고 나면 나머지는 자동으로 전환되며 경매가 시작되니 편리한 시스템이었다.

종족 대표들은 모두 놀란 눈치였다. 아르케디아인들도 마찬가지였다. 정교하게 구현된 경매창은 아르케디아 시절보다 인터페이스적인 측면에서는 더 편리했다. 처음 접해본 이들도 바로 적응할 정도였다.

'놀랄 만하지.'

신성은 뿌듯함을 느꼈다.

투자한 만큼 효과를 거둔 첫 작품이다.

중앙 상점의 중심에는 소형 마력 엔진이 가동하여 상점 전체에 마력을 공급하고 있었다.

도시 운영 포인트와 마력 엔진, 마도 공학 기술 연구국의 열정, 그리고 신성의 머리로 구축한 경매 시스템은 무척이나 편리했다. 마력 엔진이 꾸준하게 마력을 증폭하여 정확한 수치대로 공급해 주니 마법진을 구성하는 데 있어서 대단히 안정적이었다.

덕분에 이런 고차원적인 시스템도 구축이 가능했다.

김갑진은 이것을 보고 마법사들을 갈아 넣었냐고 신성에게 물어본 적이 있었다.

[3, 2, 1. 경매가 시작됩니다.]

경매 시작을 나타내는 창이 떠오르자 주변에 있던 모두가 가격을 입력하며 입찰 전쟁에 달려들었다. 신성은 어색하게 숫자를 입력하는 어린 엘프를 바라보았다.

'엘프 여왕 엘레나, 인기가 많은 캐릭터였지.'

신성의 취향은 아니지만 많은 마니아 층을 보유한 것이 바로 저 엘레나였다. 엘레나를 보기 위해서 엘프 종족을 선택한 자들이 상당히 많을 정도였다.

그리고 마족에게 납치당한 그녀를 구출하는 이벤트는 가장 많은 사람을 모은 것으로 유명했다. 메인 퀘스트가 아닌 이벤트 퀘스트였음에도 불구하고 대단한 참여율을 기록했다. 신성은 그 당시 무한 노가다를 통한 레벨 업에 열중하느라 참여하지 못했다. 아마 그녀를 구출해 온 길드는 에르소나가 이끄는 길드였을 것이다.

"잘 돼가나요?"

신성은 아래를 바라보았다. 테이블 밑에 가면을 쓰고 있던 여인이 가면을 올리고는 신성을 바라보았다.

테이블 밑에 있는 것은 루나였다.

쭈그리고 앉아서 신성을 올려다보는 모습은 전혀 여신답지 않았다. 신성이 엄지를 치켜들자 그녀 역시 고개를 끄덕이며 엄지를 들었다.

많은 종류의 캐시 아이템을 만드는 데 루나의 도움이 컸다. 드래곤 레어의 공방에서는 전보다 더 다양한 캐시 아이템을 제작할 수 있었다.

특히 루나의 재봉술 랭크가 오르면서 캐시 아이템 제조법을 습득할 수 있었는데 여성용 비키나나 속옷, 각종 용품은 루나가 직접 사용해 보고 평가해서 경매 리스트에 올린 것이다.

여름 특집 상품도 그녀의 아이디어였다.

디아나도 의욕적으로 참여했는데 본의 아니게 좋은 구경을 한 신성이다. 물론 상품화하기에 다소 선정적인 것은 제외하였다.

"엘레나, 귀여워! 정말 귀엽게 자랐네요! 아기 때 봤는데 벌써 이렇게 귀엽게 자라다니!"

루나가 테이블 사이에 나 있는 구멍을 통해 밖을 바라보며 말했다. 엘레나가 고심하며 가격을 누르는 모습은 루나의 심장을 직격해 버렸다. 김수정이 이 자리에 있었다면 아마 루나와 비슷한 반응을 보였을 것이다.

루나는 그러다 차가운 표정으로 주위를 살피고 있는 에르소나에게 시선을 주었다.

"윽, 에르소나 님은 여전히 무섭네요."

"뭐, 정이 안 가는 여자이긴 하지."

"조금 지쳐 보이네요."

루나의 말대로 에르소나는 조금 지쳐 보였다. 그러나 눈빛은 생생했다. 신성은 이런 일로 에르소나의 기가 꺾이지는 않으리라 생각했다.

신성이 세이프리를 이렇게 만든 것처럼 그녀도 엘브라스를 물들여 갈 것이다. 세이프리보다는 아니겠지만 엘브라스도 대단한 잠재력을 지니고 있었다.

신성의 눈에 비르딕의 귀족이 보였다. 가장 많은 인원을 데리고 온 것이 바로 비르딕이었다. 모두 화려하고 값비싼 귀족 복장이었는데 이번 행차에 상당히 공을 들인 티가 났다.

"고르논 백작님, 저것을 마탑에 선물한다면 다시 관계를 회복할 수 있을 것입니다."

"음, 일리 있는 생각일세. 허허, 나의 재력을 보여줄 때가 되었군."

시간이 지날수록 경매는 치열해졌다.

가격이 무지막지하게 치솟기 시작했다. 30KC에서 시작되었지만 벌써 500KC를 돌파하고 있었다. 수인족 대표 위원인 고몽이 근엄한 표정으로 750KC를 써넣자 장내가 조용해졌다.

삑!

엘레나가 880KC를 입력했다. 그것이 그녀가 가진 마지막 기회로 한계 가격이었다. 왕국으로 돌아간다면 아무것도 아닌 돈이지만 가지고 온 돈은 그리 많지 않았다.

그 순간 고몽이 900KC를 입력했다. 장내가 조용해진 순간이다.

삑!

"1,000KC?"

"대박!"

주변에서 감탄성이 흘러나왔다. 비르딕의 고르논 백작이 근엄한 표정을 지으며 고개를 끄덕이고 있었다. 그가 지닌 재력이 빛을 발하고 있는 것이다.

엘레나는 울상이 되었고, 고몽은 작게 한숨을 내쉬었다. 반면 고르논 백작은 만면에 웃음이 가득했다.

"하하하! 어서 낙찰해 주시게!"

카운트다운이 끝나고 고르논 백작에게 낙찰되었다. 주변에서 손뼉을 치며 낙찰을 축하해 주자 고르논 백작은 크게 기뻐했다. 이런 관심이 그의 기분을 좋게 만들었다. 고르논은 다른 종족 대표들에게도 비르딕 귀족의 위엄을 보여줄 수 있어 상당히 흡족했다.

그의 앞에 거래창이 떠올랐다. 푸른 바다 비키니가 거래창에 보였고, 마력 코인을 집어넣으면 거래가 완료될 것이다. 고르논 백작이 마치 아무것도 아니라는 듯 1,000KC를 넣었다.

"응?"

"무슨 문제라도 있으십니까?"

1,000KC에 해당되는 마력 금화 주머니를 넣었지만 거래가 되지 않았다. 처음 접하는 거래창이라 자신이 실수한 것인지 이것저것 눌러봐도 역시 거래는 되지 않았다.

"이보시게, 거래가 되지 않네만."

고르논 백작이 신성을 향해 말했다. 신성은 거래창을 바라보다가 고르논 백작에게 시선을 주었다.

"외부인이시니 세금이 붙습니다. 세금을 같이 내주셔야 거래가 완료됩니다. 낙찰 가격 밑을 눌러보시면 세금이 표시될 것입니다."

"아하, 그렇군."

고르논 백작이 낙찰 가격 밑에 떠오른 버튼을 누르는 순간이다. 1,000KC라고 쓰여 있는 낙찰 가격 옆에 세금이 추가되었다. 고르논 백작은 무심결에 숫자를 확인하다가 깜짝 놀라 주춤거렸다.

"2,000KC?! 이, 이보게, 이거 잘못된 숫자가 아닌가?"

"아, 그게 맞습니다. 음? 손님께서는 비르딕 소속이시군요. 안타깝지만 현재 비르딕에 대한 정책이 그러합니다."

"이, 이런 법이!"

고르논 백작은 크게 소리치다가 주변의 시선이 몰리는 것을 느끼곤 헛기침을 했다. 신성은 고르논 백작의 그런 태도에 미소를 지었다.

신성의 상쾌한 미소는 가면에 가려져 보이지 않았다.

"취소하시면 위약금이 있습니다만, 음, 계산을 해보니 600KC이군요."

"뭐, 뭐?! 크, 크흠!"

"어찌하시겠습니까? 취소해 드릴까요?"

드워프 대표와 뒤에 빠져 있던 다크엘프의 대표까지 고르논 백작을 바라보았다. 여기서 물러나게 되면 비르딕의 체면이 구겨지게 될 것이다. 외교적 성과를 위해서라도 물러날 수는 없었다. 부활석 때문에 많은 돈을 들고 왔지만 그것은 비르딕의 재산이니 쓸 수 없었다.

고르논 백작은 잠시 고민하다가 신성에게 다가오며 조용히 입을 뗐다.

"후일에 갚겠네. 내 귀족의 명예를 걸고 약조하지."

"명예는 돈이 될 수 없습니다. 마땅한 담보가 필요합니다만……."

"으음, 비르딕 남쪽에 별장이 있는데… 그것도 가능하나? 땅을 포함한다면 2,000KC 정도는 충분히 될 걸세. 비르딕의 이름을 걸고 맹세할 수 있네."

"그럼 계약서를 작성하지요."

신성의 앞에 마력으로 이루어진 계약서가 떠올랐다. 마력으로 이루어진 계약은 어기게 되면 조약에 따라 강제적인 페널티 부여가 가능했다. 비르딕의 이름을 걸었으니 거짓 맹세일 경우에는 그는 귀족 작위를 잃을 수도 있었다.

고르논 백작이 덜덜 떨리는 손으로 서명하자 계약서가 효력을 발휘하기 시작했다.

[담보 계약이 완료되었습니다.]

[고르논 백작의 '아름다운 별장'이 2,000KC를 갚기 전까지 세이프리 소속으로 전환됩니다.]

계약서를 작성하자 바로 거래가 완료되었다. 고르논 백작은 쓰린 속을 삼키며 비키니가 든 상자를 들어 보였다. 속이 타들어갔지만 애써 웃는 고르논 백작이다.

엘레나는 침을 꿀꺽 삼키며 에르소나를 바라보았다.

"세, 세이프리, 위험한 도시로구나."

"도시에 따라 세금 부과율이 다른 모양입니다. 엘브라스는 150%군요."

에르소나가 정보창을 꼼꼼히 살펴보며 말했다.

엘프 쪽에서는 무단이탈을 한 이들이 거의 없었기에 신성이 그것을 감안하여 책정한 것이다.

엘레나는 가슴이 아직도 콩닥거리는지 가슴을 쓸어내렸다. 여왕이기는 하지만 그녀는 사실 많은 돈을 쓴 적이 없었다.

가면 속의 신성의 얼굴에는 미소가 떠올라 있었다. 재료 가격이 50KC가 안 되는 것에 비해 대단한 이득을 챙겼기 때문이다. 역시 각 도시의 대표들답게 대단히 큰손을 자랑했다.

아르케디아인이라면 부들부들 떨 정도의 금액을 아무렇지도 않게 입력한 것이다.

앞으로 저들에게서 빼먹을 것이 무척이나 많았다. 그것이 신성을 즐겁게 만들었다.

신성의 발밑으로 어둠의 기운이 스멀스멀 올라오고 있었다. 루나가 그것을 알아채고 빠르게 신성력으로 어둠을 없앴다.

'음, 1,000KC와 별장이라……'

별장이 완전히 세이프리 소속이 된다면 비르딕에 세이프리의 영지가 생기는 것과 다름없었다. 굳이 필요는 없겠지만 전략적 이점 하나 정도 있어도 나쁘지 않았다. 백작이 갚지 못하게 될 경우도 괜찮았고 2,000KC를 들고 와도 좋았다.

가면을 눌러쓴 루나가 상자가 든 바구니를 들고 경매에 참여한 이들에게 다가갔다. 무작위로 사은품을 주는 이벤트였는데 루나가 자진에서 한 역할이다. 그녀가 나누어 주는 것은 랜덤 박스였다. 랜덤 박스라고는 하지만 이펙트 상자에 강화석을 포함한 여러 가지 아이템을 넣은 것에 불과했다. 소수의 박스에는 빛나는 강화석 등 캐시 아이템도 넣어놓았다. 캐시 아이템이 들어 있다는 것을 루나가 직접 보장하여 상자 앞에 표시해 놓았으니 사기로 생각하는 자는 없었다.

상자깡.

신성은 아르케디아 온라인에서 그런 것처럼 상자를 까는 맛을 다시 구현해 내고 싶었다. 나중에는 본격적으로 판매할 계획까지 세웠다.

'열심히 돈 벌어서 산 랜덤 박스에서 꽝이 나온다면… 절망하겠지.'

그 감정은 신성의 악신 랭크를 성장시켜 줄 것이다.

'좋은 아이템이 나온다면 루나에게 긍정적인 영향이 있을 거야.'

당첨된 자들이 루나에게 감사의 기도를 올릴지도 모른다.

궁극적인 목표는 역시 마력 코인이었다.

상자깡은 중독성까지 심해 상당한 매출을 올릴 수 있을 것이다.

루나는 엘레나 앞으로 가서 랜덤 상자를 건넸다. 경매에 참여하느라 고생이 많은 각 종족 대표들에게 나눠 주는 것도 잊지 않았다. 순수한 호의에서 나오는 행동이었기에 신성은 그것을 막지 않았다.

엘레나는 반짝이는 눈으로 상자를 열어보았다.

"뭐가 나올까 기대되는군."

"너무 기대하지 않는 것이 좋습니다."

"운이라면 자신 있느니라."

엘레나가 상자를 열자 펑 하고 터지는 소리와 함께 아이템이 나왔다. 엘레나의 손에 떨어져 내린 것은 서적이었다. 에르소나는 그것을 보더니 눈을 깜빡였다.

·

[-] 아찔한 그대(순정 만화)

지구에서 직접 공수해 온 만화책. 15세 미만은 구독할 수 없다. 1~5권 세트로 이루어져 있다.

"아찔한 그대?"

"…일단 이건 제가 보관하도록 하겠습니다."

"응?"

엘레나가 만화책을 펴보기도 전해 에르소나가 압수해서 인벤토리에 넣었다.

고르논 백작이 기대를 갖고 랜덤 박스를 여는 순간이다.

퍼엉!

큰 소리와 함께 고르논 백작의 손에 무언가가 떨어져 내렸다.

"꽝. 허허, 꽝이로군."

웃고 있는 이모티콘과 함께 꽝이라고 적혀 있는 종이였다. 그의 손에서 종이는 마구 구겨져 형체를 알아볼 수 없게 변했다.

*   *   *

정오 무렵에야 각 종족의 대표단은 드디어 본연에 임무에 들어갈 수 있었다. 모두 루나의 신전 안으로 들어왔다. 김갑진의 지시로 확장된 루나의 신전은 웅장했다. 루나의 탑과 함께 세이프리를 대표하는 신전다운 모습이다.

신성은 그들이 신전 안에 마련되어 있는 회의장 안에 들어가는 것을 보고 그때서야 준비를 시작했다. 본래는 각 종족별로 면담을 해야 했지만 한꺼번에 하는 것이 편할 것 같아 모두 부른 것이다.

신성의 준비는 느긋했다.

"예복도 잘 어울리네요."

"그런가?"

루나가 신성의 옷을 정리해 주었다. 루나는 이번 회의에 참여하지 않기로 했다. 신성에게 도시 운영을 맡긴 만큼 신성이 대표로서 모든 것을 처리하기로 한 것이다.

"준비되셨습니까?"

김갑진의 목소리다.

김갑진은 루나교의 가장 성스러운 중앙 신전에서 신성과 루나의 다정한 모습을 보니 기분이 기묘해졌다. 신성이 고개를 끄덕이고는 김갑진을 따라 회의장으로 향했다.

"이제 슬슬 지쳤겠지."

"꽤나 큰 충격이었을 테니까요. 비르딕의 백작은 확실히 정신적 충격이 큰 듯합니다. 다른 자들도 레벨이 상당히 오른 신관들을 보고 생각이 많아진 것 같더군요."

"좋아, 계획대로 내가 압박하고 네가 협박한다."

"알겠습니다."

회의장의 문이 보이는 순간 신성의 기세가 바뀌었다.

루나와 함께 있을 때와 같은 부드러운 모습은 사라지고 없었다.

황금빛 눈동자가 일렁이며 압도적인 존재감이 뿜어져 나왔다. 악신의 기운이 섞이며 무척이나 사납고 거친 느낌이 흘렀다.

신성에게 적응이 된 김갑진조차 압박감에 깊게 숨을 내쉬어야 했다.

김갑진이 회의장의 문을 열고 들어서자 모두의 시선이 모아졌다. 그러다가 뒤이어 신성이 나타나자 회의장의 모두가 신성에게 압도되어 숨이 턱 막혀 버렸다.

뚜벅뚜벅!

그들에게는 신성의 발소리가 유난히 크게 들렸다.

신성이 넓은 회의장을 가로질러 가장 화려한 자리에 앉을 때까지 세상이 죽은 것 같은 침묵만이 내려앉았다.

회의장의 테이블은 원형이었다. 상당히 커서 많은 이가 앉을 수 있었다. 각 종족 대표들은 신성이 등장하자 테이블이 무척이나 좁게 느껴졌다. 그만큼 신성의 모습이 커 보인 것이다. 엘레나의 뒤에 서 있는 에르소나조차 긴장하며 손을 꽉 쥘 정도였다.

꿀꺽!

신성의 황금빛 눈동자가 모두를 한 차례씩 바라보았다. 시선이 닿을 때마다 그들은 몸을 움찔했다.

초반 기선 제압은 확실하게 성공했다. 신성의 옆에 서 있는 김갑진이 헛기침을 한 번 한 다음 입을 열었다.

"세이프리에 오신 것을 환영합니다. 본격적인 이야기에 들어가기에 앞서 해결해야 할 문제가 있는 것으로 알고 있습니다."

김갑진의 얼굴에 시원한 미소가 걸렸다.

"무단이탈에 대한 벌금과 위약금 문제입니다. 세이프리는 그 당시 막대한 피해를 입었습니다. 루나 님께서 무척이나 슬퍼하셔서 루나의 탑이 빛을 잃을 정도였지요."

비르딕, 수인족, 그리고 드워프 대표들은 올 것이 왔다는 표정이 되었다.

신성이 느릿하게 손을 움직이면서 입을 떼었다.

"그럼 시작하도록 하지."

주변의 공기가 얼어붙는 것 같은 너무나 차가운 목소리였다.

*　　　*　　　*

신성의 말이 끝났지만 회의장에 있는 누구도 말을 꺼내지 않았다. 신성의 감정에 따라 요동치는 마력은 그들에게 친절하지 못했다. 드래곤이 어째서 지배의 종족이라 불리는지 알 수 있는 대목이다.

신성이 손짓하자 김갑진이 고개를 끄덕이고는 손을 휘저었다. 그러자 루나의 권능으로 만들어진 서류가 각 종족의 대표 앞에 떠올랐다.

"살펴보시지요. 위약금과 벌금을 합산한 금액입니다. 조건 역시 붙습니다."

비르딕의 고르논 백작은 서류를 바라보다가 숨이 턱 멎는 것을 느꼈다. 서류의 금액이 예상한 것보다 많았다. 게다가 비르딕의 대표와 무단이탈 사건을 일으킨 것에 대한 진정성 있는 사과가 전제되어야 한다는 조건이 있었다.

'위약금 20,000KC에 벌금 20,000KC……. 당연하겠지만 전에 제시한 것보다 몇 배는 더 올랐군.'

비르딕의 국고를 연다면 별것 아닌 돈이다. 각 종족 대표별로 위약금과 벌금이 정해져 있었는데 가장 이탈을 많이 한 대형 길드를 보유하고 있는 비르딕이 제일 많았다.

진정성 있는 사과라는 것도 힘든 항목이었다. 그저 사과를 흉내 내는 것만으로는 부족할 것이다. 드래곤과 여신에게 마음이 없는 사과는 간파당할 것이 분명했다. 마음이 안 된다면 물질적인 것으로라도 해야 했다.

고르논 백작뿐만 아니라 엘프, 다크엘프를 제외한 각 종족의 대표들도 생각이 복잡해졌다.

어쨌든 자신의 도시에 속한 길드들이 한 짓이다. 억울한 감이 없지 않아 있었지만, 미래를 생각하며 받아들여야 했다.

"비르딕은 얼마 전 일어난 일에 대한 추가 보상도 해주서야 겠습니다."

"추가 보상이라면?"

"그쪽 소속의 길드가 세이프리에 전쟁을 선포하지 않았습니까?"

"그것은… 그 길드가 독단으로 펼친 일입니다. 비르딕의 의사와는 전혀 상관없는 일입니다. 게다가 그 일이 있고 난 뒤로 관련 길드들은 모두 처벌하였습니다."

신성의 입가에 섬뜩한 웃음이 걸렸다. 신성이 웃자 고르논 백작과 그의 옆에 서 있던 아르케디아인이 몸을 움찔거렸다.

"백작, 그런다고 없던 일이 되나?"

"그, 그것은 아니지만……."

"비르딕 소속 길드들이 세이프리의 주민들을 학살하고 자원을 약탈했다. 그런 명백한 사실이 있는데 네놈들의 의도를 세이프리가 알아줘야 하나?"

신성의 말투에는 노기가 가득했다. 각 종족 대표들이 모인 이 자리에서 존칭을 쓰는 것이 맞지만 신성은 그러지 않았다. 어차피 드래곤으로 알려져 있었다.

저들은 루나보다는 그것에 큰 부담감을 느끼고 있었다.

"아, 알겠습니다."

고르논 백작은 그렇게 말할 수밖에 없었다. 비르딕에만 따로 전해준 서류에는 살해당한 자들에 대한 위로금뿐만 아니라 세이프리에 입힌 피해액이 적혀 있었다.

위약금, 벌금, 피해 보상, 위로금을 모두 합쳐 100,000KC를 지급해야 했다. 게다가 진정성 있는 사과의 의미로 10,000KC를 추가로 내놓아야만 했다. 그래야 부활석을 위한 협상에 참여할 수 있었다.

'으음, 후작께서 일단 세이프리가 원하는 대로 해주라고 했지만… 으음.'

비르딕의 국고가 대단히 풍부하다고는 하나 고르논 백작은 슬슬 걱정이 되고 있었다. 그런 고르논 백작의 생각은 중요하지 않았다. 협상은 빠르게 진행되었다.

수인족이 4만 KC, 드워프와 페어리가 2만 KC을 지급하기로 한 것에 비해 엘프와 다크엘프에게 요구되는 것은 없었다. 에르소나의 주도 아래 그들은 모두 착실하게 비용을 지불하고 나갔기 때문이다.

"엘브라스 왕국에서도 위로금으로 10,000KC를 기부하겠습니다. 상처받은 이들을 위해 써주셨으면 합니다."

"다크엘프도 마찬가지입니다."

엘레나의 말에 반대편에 앉아 있던 다크엘프 대표가 말했다.

다크엘프는 다크엘프 족장의 아들 사둔이었는데 제법 뛰어난 전사로 알려져 있었다. 이성적인 판단을 주로 하는 엘프와는 다르게 다크엘프는 감정에 많이 따르는 터라 사둔의 성격은 열정적이었다.

다크엘프 족장이 병들어 거동이 불편했기에 그가 대신 온 것이다. 김수정이 전해준 정보를 통해 다크엘프 부족에 대해 이미 파악한 신성이다.

'제법이야.'

엘레나는 엘프 여왕다운 모습을 보여주고 있었고 다크엘프도 침착했다. 일이 이렇게 되니 수인족들과 드워프, 그리고 비르딕은 초장부터 지고 들어가는 입장이 되었다.

엘레나와 사둔은 좀 더 세이프리와 우호를 다질 수 있는 계기가 될 것으로 생각하고 있었다. 물론 신성은 전혀 그렇게 생각하고 있지 않지만 말이다.

계약서에 모두 서명했다. 도시와 도시 간에 체결된 계약은 반드시 따라야 하는 것으로 어길 시에는 막대한 페널티가 따랐다.

'출발이 좋군.'

신성은 겉으로는 분노하고 있었지만 속으로는 무척이나 흡족해하고 있었다.

190,000KC, 즉 1억 9천만 마력 코인이다.

2억에 달하는 마력 코인을 협상 시작 전에 뽑아낸 것이다. 이것만으로도 당분간 세이프리의 재정은 안정권에 들어갈 수 있었다. 초보들에게 더 많은 퀘스트를 부여하고 세이프리 발전 계획을 좀 더 앞당길 수 있을 것이다.

재정난에 허덕이던 세이프리가 한숨 돌리는 순간이다. 분명 대단한 금액이기는 했지만 아직 갈 길이 먼 세이프리 입장에서는 금방 소모될 것이다.

이제 부활석에 대한 이야기를 할 차례였다.

김갑진이 잠시 각 종족 대표들을 바라보다가 입을 떼었다.

"아시다시피 부활석 제작에는 대단히 많은 신성력과 자금, 그리고 노동력이 필요합니다."

부활석은 도시 운영 포인트로도 설치할 수 있었고 신전에서 마력 코인과 신성력, 그리고 루나의 권능과 신관들의 노동을 통해 만들 수 있었다. 전자에 비해서 후자는 시간이 오래 걸렸고 자금 역시 많이 투입되어야 했다.

루나교의 신전과 멀어질수록 높은 등급의 부활석이 필요하니 그것도 생각해야 했다.

그러나 신성은 저들에게 부담이 될 정도의 금액을 요구하지는 않을 생각이다. 처음부터 부담이 심한 비용을 청구하게 되면 부활석을 많이 설치하지 못할 것이다.

부활석을 많이 설치하게 하는 것이 중요했다.

대도시의 영역권은 세이프리보다 훨씬 크니 부활석 한두 개로는 커버가 되지 않을 것이다.

'부활석이 깊숙한 곳까지 설치되고 부활석이 없이는 경제가 돌아가지 않을 때 요금을 올리는 것이 좋겠지.'

이름이 부활석이기는 하지만 그 속에는 마력 코인을 빨아먹는 독이 감춰져 있었다.

신성이 생각한 다양한 요금제가 각 대도시를 기다리고 있었다.

하루 부활 횟수에 제한을 거는 종량제와 부활 횟수에 따라 비용이 추가로 요구되는 누진제 등 다양했다. 일단 그들에게 부활석을 꽉꽉 설치하도록 하는 것이 현재의 전략이다.

"신전 건설비, 신관들의 안전, 월급을 보장해 주시고 설치비와 이용료를 내셔야 합니다. 자세한 금액은 서류를 참고하여 주십시오."

김갑진의 말이 끝나자 자세한 내용이 적혀 있는 서류가 그들의 앞에 나타났다.

"음, 생각보다 합리적이군."

"이 정도면……."

드워프와 수인족은 이해하며 고개를 끄덕였다. 엘프와 다크 엘프도 마찬가지였는데 에르소나만이 신성의 의도를 눈치채고는 심각한 표정이 되었다.

그녀의 표정이 보였지만 애초부터 신성은 엘브라스에게 큰 기대를 하지 않았다. 엘브라스는 부활석의 대안이 있었으니 그렇게 많이 빨아먹을 수 있으리라고는 생각하지 않았다.

신성이 그들에게 제시한 조건은 건설비와 신관 월급을 각 대도시에서 부담하고 설치비 10,000KC에 이용료는 매월 7,000KC이었다.

대도시 입장에서는 부담되는 비용이 아니었다. 부활석이 설치되었을 때 나타나는 이득을 계산해 보면 지금 당장 부활석 몇 개 정도는 충분히 감당할 수 있었다.

물론 적혀 있는 것은 기본요금이었고 도시마다 추가 요금이 붙었다.

비르딕의 경우 가장 높은 비용을 내야만 했다. 비르딕은 설치비와 이용료 역시 높았는데 그래도 전의 제시한 금액보다는 싼 편이었다.

신성이 가장 공들이고 있는 것은 비르딕이었다. 비르딕에 빨대를 꽂아놓고 쭉쭉 빨아먹을 생각이다. 지금은 그 초석을 다지는 중이다.

고르논 백작은 비르딕으로 귀환해서 자신의 업적을 부풀릴 계획을 세웠다. 아마 비르딕에 나타난 대형 길드들도 자신에게 무척이나 고마워할 것이다.

삼 인 귀족회에서 가장 세력이 약한 고르논은 버먼트 후작을 밀어주고 있었다. 향후 버먼트 후작이 위로 치고 올라가면 그를 분명 기억해 줄 것이다.

모두가 망설임 없이 기분 좋게 계약서에 서명했다.

계약서에 서명이 되는 순간 김갑진의 얼굴에 미소가 떠올랐다. 이제 그들은 더욱 성장하여 더욱 많은 마력 코인을 세이프리에 바쳐야 할 것이다. 게다가 신전을 통해 포교 활동을 하여 각 대도시 안에 은밀하게 세이프리의 세력을 만들 수도 있었다.

요즘 갱신은 6개월 단위로 하기로 합의한 터라 당분간 경계를 하겠지만 그들이 안심할 수 있게 2년 정도는 올리지 않을 생각이다. 김갑진과 신성의 눈에 여기 있는 모두가 적금 통장으로 보였다.

분위기가 많이 풀렸다. 모두 예상외의 성과에 만족하는 분위기였다. 신성이 분위기에 맞춰 기세를 누그러뜨리자 훈훈한 분위기가 이어졌다.

신성은 입가에 은은한 미소를 머금었다.

그 미소는 영혼을 잡아끄는 매력이 존재했다. 엘레나는 그 미소에 멍한 표정이 되었다. 하이엘프의 눈으로 본 그의 영혼은 무척이나 거대했다. 나무를 집어삼키는 폭풍처럼 무서웠지만 그 안에는 다정한 면이 존재했다.

폭풍의 눈만큼은 평화롭고 따듯했다.

신성을 제대로 볼 수 있게 되자 엘레나는 시선을 빼앗겨 버렸다. 에르소나가 헛기침을 하자 무안한 듯 얼굴을 붉히며 고개를 돌렸다.

신성이 손짓하자 문이 열리면서 신관들이 차와 디저트를 가지고 왔다. 루나가 만든 것이라 상당히 좋은 맛을 자랑했다.

"허허, 역시 위대한 존재다운 관대함이십니다!"

"전설 속의 존재를 이렇게 뵐 수 있다니 그야말로 대대손손 영광입니다."

고몽 대표 위원과 드워프 대표가 그렇게 말했다. 둘은 나이가 비슷한 노인이었는데 겉모습에서부터 확연히 차이가 났다. 고몽은 너구리 귀를 단 체구가 작은 노인이었고, 드워프 대표는 흰 콧수염을 단 아이의 모습이다.

페어리는 날개로, 드워프는 콧수염으로 나이를 짐작할 수 있다는 설정이 있었다. 드워프 여성일 경우에는 머리카락 색깔로 확인해야만 했다.

엘레나도 무언가 한마디 거들어야겠다고 생각했다. 그러나 신성을 보는 순간 제대로 사고가 되지 않았다.

"자, 자……."

엘레나의 목소리가 들려오자 모두의 시선이 그녀에게로 향했다. 신성도 조용히 차를 마시다가 그녀를 바라보았다.

"자, 잘생기셨습니다! 그, 그러니까……."

"……."

에르소나가 바로 입을 떼었다.

"서로 협동하여 발전을 이루어가자는 말씀이십니다."

에르소나의 말이 끝나자 잠시 정적이 내려앉았다.

신성은 루나가 현재 회의장을 훔쳐보면서 엘레나를 귀여워하고 있는 것이 느껴졌다. 김갑진도 그것을 느꼈는지 작게 한숨을 내쉬었다.

신성은 작게 고개를 끄덕여 준 다음 입을 떼었다.

"그럼 신전 건설 순서를 정해야겠군."

"맞습니다. 세이프리의 고위 신관들이 직접 가야 하니 동시에 진행하는 것은 어렵습니다."

김갑진이 신성의 말을 받았다.

다시 분위기가 바뀌었다. 각 종족 대표들은 서로 눈치를 보기 시작했다. 신전이 먼저 건설된다는 말은 부활석이 먼저 설치된다는 말과 같았다. 그렇다는 것은 다른 대도시들보다 먼저 치고 올라갈 수 있다는 말이다.

여러 의견이 나왔다. 기부금으로 결정하자는 의견이 제일 마음에 들었지만 신성은 잠시 의견을 듣고 있었다.

"대회를 통해 결정하는 것이 어떻겠습니까? 각 도시 간에 화합할 수 있는 계기가 될 것입니다."

조용히 있던 사둔이 말했다. 그의 말에 모두가 웅성거렸다.

"단합 대회······. 그것 좋은 생각이군요."

"저 역시 동의합니다."

고몽과 드워프 대표가 먼저 동의했다. 그러자 엘레나 역시 동의를 표했고, 고르논 백작이 마지막으로 찬성했다. 고르논 백작 입장에서는 기부금으로 순위를 가리는 것이 좋았지만 일단 대세를 거스르지 말자고 생각했다.

어차피 그들의 의견일 뿐이고 결정은 신성이 해야 한다. 루나도 찬성하고 있었다. 대회라는 말에 흥미진진해하는 감정이 전해져 왔다.

'아르케디아 온라인에서 한 길드전이나 각종 대회를 참고하면 되겠군. 초보자들의 전력 증강에도 도움이 될 것이고 분위기 전환도 되겠지. 세이프리에서 열린다면 경제가 더 살아날 테고……'

비싸게 아이템을 팔아먹기에도 좋고 초보자들에게 의욕을 불어넣을 수 있을 만한 이벤트가 될 것 같았다. 루나가 원하는 종족 화합에 기틀을 마련할 기회가 될 수도 있었다. 잠시 생각에 빠져 있던 신성이 입을 열었다.

"그럼 각 도시별로 보상을 거는 것이 어떻겠나? 세이프리에서는 첫 번째 부활석 설치를 무료로 해주기로 하지."

신성의 말에 각자 고민에 빠져들었다. 체면을 깎지 않으면서 자신들의 위용을 보여줄 보상을 생각해 보았다.

"엘프 왕국에서는 정령의 씨앗을 내놓겠습니다."

"저희는 그림자의 피를 드리겠습니다."

엘레나와 사둔의 말에 다른 이들도 앞 다투어 무언가를 내놓았다. 비르딕에서는 우승 상금을, 드워프에서는 철의 심장이라는 대단히 희귀한 재료 아이템을, 수인족은 황금 복숭아

나무 열 그루를 내놓기로 했다.

앞으로 대회 위원회를 만들어 회의하도록 정한 다음에야 협상은 끝을 맺었다.

모두가 회의장 밖으로 나가자 신성은 기지개를 켰다. 위엄 있던 모습은 사라지고 없었다. 김갑진도 의자에 털썩 주저앉으며 뻐근한 목을 풀었다.

"만족스러운 결과입니다. 당분간 재정 상태는 괜찮을 것 같습니다."

"또 금방 사라지겠지만 말이야. 일단 부활석 설치와 비공정 쪽에 투자하고… 소도시들 쪽에도 신경을 써야겠지. 세이프리 영역을 확장하고 농장도 짓고 하려면 자금이 빠듯해."

"아, 그 지구에 농작물을 유통한다는 계획 말씀이시군요?"

"마력이 든 곡물은 체력을 회복시켜 주지. 아마 난리가 날 걸?"

추진할 계획은 많았다. 부활석 설치 후에 자금이 안정적으로 들어오게 되면 하나씩 추진할 계획이다.

"단합 대회라……. 여러모로 생각할 게 많군요. 아무튼 소속감을 고취하는 방향으로 퀘스트를 내겠습니다."

장소는 세이프리에서 준비하기로 했다. 여러 가지 스포츠 종목이 있겠지만 대회의 백미는 역시 길드전이었다. 부활석과 비활성 마석을 이용한다면 제법 그럴듯한 길드전을 만들 수 있을 것이다.

"이대로 별 문제 없이 흘러가면 좋겠는데… 비르딕이 조금 걱정되긴 하군."

"김수정 정보국장이 비르딕에 곧 도착할 것입니다. 그들의 동향을 더 자세하게 파악할 수 있을 겁니다."

신성은 비르딕 쪽도 별일 없을 것으로 생각했다. 지금은 내전이 일어날 상황도 아니니 말이다.

자리에서 일어난 신성은 회의장으로 나가기 위해 테이블을 지나쳤다. 그러다가 발밑에서 무언가를 발견하고는 그것을 주워 들었다.

접혀 있는 종이였는데 펼쳐 보니 무언가 적혀 있었다.

신성은 소리 내어 읽어보았다.

"…순결은 중요한 것이므로 혼약 후 동거함이 옳다. 남녀를 떠나 모두 자신의 몸을 소중히 해야 할 것이다. 주의, 근엄하게 말할 것. 과인은 귀엽기보다는 아름답다. 과인에게 귀엽다는 표현은 옳지 못하다. 얕보이면 큰일. 당당하게, 어른스럽게……."

"뭡니까, 그건?"

"연설문인가? 음, 특이하네."

신성이 발견한 것은 엘레나가 입국 심사관의 질문에 대한 답변을 적어놓은 종이였다. 그녀가 그것을 잃어버렸다는 것을 깨달은 것은 신전을 빠져나간 직후였다.

신성이 그것을 허겁지겁 신전 안으로 들어온 엘레나에게 전해주자 엘레나는 그 자리에서 굳은 채로 한동안 움직이지 못했다.

*   *   *

버먼트 후작은 세이프리에서 이루어진 협상에 관한 정보를 받고는 고개를 끄덕였다. 삼 인 귀족회에서 가장 영향력이 큰 필린스 후작 역시 이 정보를 받았을 것이다.

벌써 축하 사절단을 파견한다고 난리였다.

고르논 백작과 연합하여 필린스 후작의 세력과 간신히 균형을 맞춘 것이 버먼트 후작이었다. 필린스 후작은 세이프리와의 평화를 주장하고 있었다. 그에 동조하는 세력도 상당히 많았다. 서로 협의하여 발전해 나갈 수 있다는 것이 그들의 생각이었다.

그러나 버먼트 후작은 그렇게 생각하지 않았다. 역사적으로 따지면 지금은 건국기에 해당했다. 좀 더 과감한 결단이 필요했고, 복잡한 정세에서 강력한 우위를 점해야 했다. 이 지구에 거대한 제국을 다시 건설하려면 말이다.

'단합 대회인가. 흐음…….'

버먼트 후작은 고개를 들어 앞을 바라보았다.

비르딕의 지하 깊숙한 곳에 있는 통로를 따라 햇불들이 놓여 있다. 비르딕을 관통하는 통로는 미로처럼 얽혀 있었는데 비르딕의 중심에 해당하는 곳에 막힌 벽이 있었다. 그곳이 바로 마족 카르벤을 봉인한 곳이다.

버먼트 후작과 같은 고위 귀족도 그곳으로 가는 길은 자세히 알고 있지 못했다. 그래서 상당한 시간을 잡아먹고 있었다.

누군가 버먼트 후작에게 다가와 고개를 숙였다.

"후작님, 봉인지를 찾았습니다. 하지만 봉인을 해제하려면 시간이 더 걸릴 것 같습니다."

"그런가?"

단합 대회.

일을 일으키기에 가장 적합했다.

각 대도시의 주요 인물들이 모여들 것이 분명했다.

그들을 제거하는 것만으로도 각 종족은 큰 타격을 입을 것이고, 여신 루나를 사로잡는다면 비르딕은 엄청난 성장을 이룰 것이다. 비르딕에게는 그럴 만한 힘이 없었지만, 마족 카르벤은 그것이 가능할 것이다.

후작은 비르딕의 신물까지 빼돌렸다. 과거에 카르벤을 봉인

시키는 데 일조한 황제의 창이다. 황제의 창을 이용한다면 분명히 가능성이 있었다.

'선대 황제께서 우리를 굽어 살피시길.'

후작은 이것이 도박임을 알고 있었다.

하지만 이제는 되돌아갈 수 없었다. 오로지 전진만이 있을 뿐이었다.

CHAPTER 7

비르딕의 재앙 I

돈을 버는 것은 어려워도 쓰는 것은 금방이었다.

신성은 현재 가장 신경 쓰고 있는 비공정에 대한 투자를 아끼지 않았는데 덕분에 현재 첫 시험작의 생산이 슬슬 완료되는 시점이다.

본격적으로 비공정이 생산된다면 세이프리는 본격적으로 소도시들로 뻗어 나갈 수 있을 것이다. 현재 김수정의 정보국 다크엘프들이 소도시들의 위치를 전송해 주고 있었다. 맵핑 정보를 보내왔으니 도시의 위치는 정확히 알 수 있었다.

바로 지원 부대도 떠났는데 지구에 대한 적응으로 골머리를 잃고 있는 만큼 아르케디아인으로 구성된 신관을 보냈다.

신성은 여러 대도시를 거쳐 소도시로 향하는 항공 루트를 만들고 있었다. 본격적인 무역을 계획하고 있는 것이다. 소도시에서 생산되는 특산품은 세이프리에 좋은 영향을 줄 것이고 소도시들도 성장할 기회가 주어지게 될 것이다.

아직 무역에 대해 신경을 쓰고 있는 대도시는 없었다. 비르딕이 지구와 교류하며 현대 문물에 관해 관심을 보이기는 하지만 현재까진 본격적인 교역이 이루어지지 않고 있었다. 미국 정부는 비르딕에 대한 대중들의 호감도를 올리기에 급급했다. 비르딕의 위엄 있는 모습이 계속 미국 여러 방송에 등장하여 사람들에게 익숙해지고 있었다.

신성은 세이프리를 돌아다니고 있었다. 저녁부터 동이 틀 때까지 사냥에 열중해서 피곤하긴 했지만 육체는 전혀 지치지 않았다.

신성의 눈에 세이프리에서 교육을 받고 나오는 일반인들이 보였다. 루나교로 개종한 덕분인지 그들의 성향이 조금씩 오르고 있었고 얼굴은 밝았다. 치열한 경쟁 사회에서 숨을 죽이며 사는 것에 비하면 세이프리는 천국일 것이다. 가족 간의 대화도 점점 많아졌고, 그들에게서 뿜어져 나오는 희망이 루나에게 많은 힘이 되어주고 있었다.

비르딕과 마찬가지로 세이프리도 부분적인 개방을 해놓은

상태였는데, 현재 초보자들의 가족들을 받아들이고 있었다. 심사가 까다로워 불합격한 자들도 있었지만, 교육을 통해 개선될 정도라면 무난하게 들어올 수 있었다.

신성은 세이프리에 정착한 일반인에게도 돈을 벌 수 있도록 해주었다. 최근 세이프리 서쪽 끝에 만들어진 농장이 그중 하나였다. 마력 작물의 재배에는 특별한 기술이 필요 없으므로 일반인들이 원한다면 그곳에서 일을 할 수 있게 해주었다.

물론 넉넉하게 보수도 주어졌다.

아마 지구에서 일하는 것보다 훨씬 많을 것이다.

신성은 세이프리 품 안으로 들어온 이상 모두 똑같은 세이프리의 주민이라 생각했다. 아르케디아인이든 그렇지 않든 똑같았다. 할 수 있는 것과 할 수 없는 것의 구별만 있을 뿐 세이프리의 주민이 된 것만으로 모두 평등한 대우를 받을 자격이 있었다.

초보자들이 더 모이고 그들의 가족도 온 덕분에 세이프리 인구는 16만을 넘어섰다. 세이프리는 초보 도시치고는 큰 편이긴 하지만 다른 대도시에 비교할 수는 없었다.

신성은 눈물을 머금고 대규모 마력 코인을 투자해 세이프리 영토를 확장했다. 이제 중형이라 불릴 정도로 세이프리는 커졌다.

'주거지도 문제군.'

주거 지역을 만들었지만 일손이 아직 부족했다.

드워프들의 소도시와 교역하기 시작하면 이런 문제도 해결할 수 있을 것 같았다. 비공정의 역할은 그만큼 대단했다.

"자, 힘을 내요! 이번에 제대로 하면 오늘 연습은 여기서 끝낼게요! 내일까지 하면 퀘스트 도장을 받아서 보상을 받을 수 있으니 열심히 합시다!"

"네!"

세이프리 아카데미에 모여 있는 많은 아르케디아인들이 보였다. 단합 대회 준비를 하는 것이다.

김갑진의 보고에 따르면 단합 대회의 규모가 생각보다 커져 무척이나 성대하게 이루어질 것이라 한다. 올림픽 뺨치는 종목들이 정해져 있었고 길드전까지 준비 중이었다.

이제 대도시들만의 대회가 아니게 되어버렸다.

한국 정부도 장소 제공에 적극적으로 협조하고 방송사들도 참여하여 중계할 것 같다고 하니 세계의 모든 이목이 집중될 것이다. 50㎞ 전력 질주 달리기 같은 경우에는 서울시에서 직접 코스를 정해서 보내줄 만큼 적극적이었다.

"어둠을 믿으십시오!"

"금기시된 종족 간의 사랑을 이루어봅시다! 엘프와 견인족! 묘인족과 다크엘프! 얼마나 멋진 조합입니까!"

상당히 귀엽게 만들어진 검은 로브를 입은 악신의 신도들이 모여 있는 초보자들에게 전단을 나눠 주고 있었다. 신성이 전혀 신경을 쓰지 않고 있음에도 악신의 신도들은 늘어갔다. 기이한 웃음을 흘리는 것이 섬뜩하기는 하지만 신성의 눈에는 귀엽게 보였다.

'평화롭군.'

드래곤에 악신이기는 하지만 평화는 좋았다.

이런 평화가 계속되길 바랐다. 메인 퀘스트 따위는 일어나지 않는 편이 좋았다.

신성이 아카데미를 지나쳐 마도 공학 기술 연구국으로 향하자 마침 나와 있던 사르키오가 헐레벌떡 달려왔다.

"마침 잘 오셨습니다! 첫 시험작이 완성되었습니다!"

"그렇습니까?"

사르키오의 얼굴에는 자부심이 철철 넘치고 있었다.

설계도가 있다고는 하지만 그것을 적용하는 기술을 만드는 것은 대단히 어려운 일이었다. 비록 신성의 조언이 있었다고는 하지만 사르키오와 마법사들은 해내고야 말았다.

마도 공학 시설을 완공한 이후 쪽잠도 제대로 못 잘 정도로 연구에 몰두하여 만들어낸 성과였다. 후반에 이르러서는 신관들의 치료 마법을 받으면서까지 연구에 매진했다.

신성이 매일같이 연구국을 방문하며 독려 겸 압박을 넣은 것이 컸다. 마력 코인을 두둑하게 주었는데 그것의 의미를 똑

똑한 마법사들은 정확히 알고 있었다.

신성은 단 한 번도 질책을 한 적이 없었다. 기술 연구에 실패하면 마력 코인을 주었고 성공하면 마력 코인을 더 주었다. 그러니 마법사들은 부담스러워 미칠 지경이었다.

아무튼 이제 성과를 냈으니 조금은 쉴 수 있을 것 같아 그들의 얼굴에 희망이 떠올랐다.

사르키오를 따라 연구 시설 옆에 마련되어 있는 제조 시설 안으로 들어가자 마법사들과 드워프들이 모여 있다.

그들이 감격스러운 눈으로 보고 있는 것은 제법 커다란 비공정이었다. 소형 마력 엔진 2개를 단 브론즈급 비공정이었다. 둔탁하게 생긴 몸체에 마력 엔진이 달려 있어 마치 고래처럼 보였다. 아르케디아 온라인 초창기에 이 비공정을 두고 많은 유저들이 '하늘고래'라 불렀다.

[E+] 소형 비공정(브론즈급)

마법사들과 드워프들이 혼을 갈아 넣어 만든 비공정.

소형치고는 제법 큰 크기를 지녔다. 공격 능력은 없지만 하급 방어 실드가 내장되어 있으며 빠른 속도를 낼 수 있다. 대량의 강화석으로 강화가 가능하며 강화 성공 시 최대 속력이 높아진다.

최대 속력 : 600㎞/h

화물 적재 : 6칸

내구 : E

비공정의 최대 장점은 화물 적재였다. 화물 적재 공간에 넣을 수만 있다면 무게가 어떻든 간에 비행에 영향을 주지 않았다. 인벤토리와 같은 역할을 한다고 보면 될 것이다. 신성의 배낭을 전부 합쳐도 화물 적재 한 칸이 나오지 않았으니 대단히 많은 양을 옮길 수 있었다.

중형부터는 그 크기가 훨씬 커져서 24칸, 48칸에 이르는 적재량을 보여주었고, 대형의 경우에는 자원만 충분하다면 500칸이 넘는 비공정도 만들 수 있었다. 세이프리 같은 도시의 경우에는 소형과 중형 비공정만 있어도 충분했다.

'비공정에 적재할 마도 무기를 연구한다면 엄청난 전력이 되겠지.'

아직 세이프리의 기술 연구는 초급 수준이었다. 신성의 마도 공학 랭크도 올려야 했으니 무기가 등장하는 것은 현 시점으로는 무리였다.

"상당히 빨리 만들었군요."

"허허허, 각하께서 재료를 미리미리 보내주시지 않았습니까?"

신성이 정식으로 세이프리 대리자로 알려진 이후 세이프리 주민들은 신성을 각하라 부르고 있었다.

사르키오의 말에는 약간의 원망이 담겨 있었다. 신성이 재료를 미리미리 보내준 덕분에 연구가 끝나자마자 바로 제조에 들어간 것이다.

"정말 고생 많으셨습니다. 단합 대회가 끝날 때까지 별다른 일이 없으면 쉬서도 좋습니다."

"오오!"

"와아! 휴가다!"

"흐흑!"

신성의 말에 사르키오와 마법사들, 그리고 드워프들이 환호성을 내질렀다. 눈물까지 흘리고 있는 이들이 있었는데 얼마나 고생이 심했는지 알 수 있는 대목이다.

"지금 기동이 가능합니까?"

"제대로 운전을 할 수 있을지는 의문이지만 움직이기는 할 겁니다."

"몰아봐야겠군요."

"네? 하지만 아직 테스트도 안 끝났고……."

테스트는 역시 실전 테스트가 최고였다.

"사르키오 님, 같이 타시지요."

"네? 허, 허허, 저, 저는 고소공포증이 있어서… 다, 다른 이들을 데리고 타시는 게……."

세이프리에 살고 있는 마법사답지 않은 말이다.

사르키오가 마법사들을 바라보자 마법사들이 그의 시선을 피했다. 드워프들은 이미 사라지고 없었다.

소형 비공정 조종에는 수준급 마법사가 최소한 두 명은 필요했다.

"첫 비행의 영광을 사르키오 님과 나누고 싶습니다. 세이프리 역사에 이름을 남기시겠지요. 첫 비행에 성공한 사르키오 대마법사! 이렇게 말입니다."

"하아, 알겠습니다. 각하께서 원하시니 이 늙은이가 어떻게 거절할 수 있겠습니까? 부디 이 영광을 연구국 마법사들과 함께 나누고 싶습니다."

"음, 역시 사르키오 님은 마음이 넓으십니다. 여러분도 타시지요."

신성이 고개를 돌려 마법사들을 바라보자 그들은 몸을 움찔 떨다가 깊은 한숨을 내쉬었다. 마법사들은 사르키오를 원망하는 눈빛으로 바라보다가 이내 모든 것을 체념한 표정을 지었다.

그들은 신성이 한 번 마음먹으면 이루어야 직성이 풀린다는 것을 이미 파악하고 있었다.

신성이 사르키오와 마법사들을 데리고 타려는 이유가 있었다. 첫 비행에 성공하면 레벨이 대폭 오르고 관련 스킬이 상승하기 때문이다. 아르케디아 온라인의 역사에서도 비공정의 첫 비행은 역사적인 사건 안에 꼭 들어갔다.

사고가 생기면 신성이 마법사들을 보호해 주면 된다.

신성을 따라 사르키오와 마법사들이 비공정 안에 들어섰다. 비공정 안은 아직 제대로 마무리가 되어 있지 않았지만 설계도에 충실히 만들어져 있었다.

커다란 유리 앞에 있는 수정구가 보인다. 연료 공급 장치 겸 운전대였는데 그곳에 마력을 불어넣으면 연료가 충전되는 방식이었다. 순수한 마력이 필요하기에 보통 마력 코인이나 마정석을 넣었지만 신성의 드래곤 하트가 있으니 연료 걱정은 없었다.

"사르키오 님께서는 보조 수정구를 봐주십시오. 마력의 흐름을 느끼시면 대충 어떻게 하는지 아실 겁니다."

"그, 그렇군요. 대, 대충 안다는 말씀이시군요."

"추락한다고 해도 루나의 품에서 푹 쉴 수 있겠지요."

"허, 허허, 노, 농담도 심하십니다."

사르키오를 겁주는 것에 재미를 붙인 신성이다.

추락이라는 말이 들리자 다른 마법사들은 벽을 붙잡고 긴장한 얼굴이 되었다. 신성이 마력을 불어넣자 비공정에서 진동이 생기며 마력 엔진이 가동되기 시작했다.

비공정은 시스템 부분에서는 완성도가 떨어졌다. 마도 공학 지식이 있는 신성이 직접 드래곤의 눈으로 뜯어고치고 나서야 엔진 출력이 정상 궤도에 올랐다.

[드래곤의 힘으로 소형 비공정의 시스템을 재구축하였습니다. 부족한 부분이 채워집니다.]

[비공정의 랭크가 상승합니다.]

*[D] 소형 비공정(브론즈급)
신성은 아르케디아 온라인에서 비공정을 소유한 적이 있었다. 대형 길드의 비공정을 탈취한 후에 추락시킨 것에 불과했지만 말이다.

두드드드!
비공정 내부에 있는 마력 등이 반짝이며 켜졌다. 비공정이 심하게 요동치기 시작했다. 그러면서 무언가 떨어져 나간 것이 느껴졌지만 신성은 신경 쓰지 않았다.
마력 엔진에서 마력이 뿜어져 나왔다. 마법진이 그려지며 비공정이 천천히 앞으로 나아가기 시작했다. 비공정은 곧 제조 시설을 빠져나와 연구 단지 앞에 마련되어 있는 넓은 공간으로 진입했다.

주변에서 단합 대회 준비를 하고 있던 초보자들이 하던 일을 멈추고 비공정의 첫 등장을 바라보았다.

"비, 비공정?"

"비공정이다!"

"벌써 만들어진 건가?"

　비공정 안에 있는 사르키오와 마법사들의 마음을 아는지 모르는지 초보자들이 비공정을 향해 손을 흔들었다.

　마력 엔진에 모든 마력이 충전되자 신성의 앞에 조종륜이 떠올랐다.

　신성이 조종륜을 잡았다. 마력으로 이루어져 있지만 묵직한 느낌이 전해져 왔다.

　신성의 앞에 정보창이 떠올랐다.

[소형 비공정(브론즈급)이 가동되었습니다.]

[출발 장소 : 세이프리 마도 공학 기술 연구국.]

[도착 장소 : -]

　나침반과 함께 맵핑된 지도가 떠올랐는데 아르케디아 온라인 시절과 비슷했다.

　마법사들은 감탄하면서 정보창을 바라보았다. 그들이 연구한 분야이지만 직접 구현된 것을 본 것은 처음이다.

본래는 하나하나 조작하여 적용 시험을 해야 했지만 신성이 그것을 무시하고 단번에 구축해 버린 것이다.

"갑니다."

신성의 말이 떨어지자 사르키오와 마법사들이 침을 꿀꺽 삼켰다.

두드드드드! 휘이이이!

비공정이 앞으로 나아가다가 천천히 공중으로 떠올랐다. 바닥과의 마찰이 사라지자 비공정의 내부가 조용해졌다.

신성은 밖을 바라보았다. 바닥이 멀어지며 비공정이 날아오르고 있었다.

[최초로 비공정 비행에 성공하였습니다.]
*LEVEL UP×3
*마도 공학에 대한 깨달음이 깊어집니다.

[세이프리의 명성이 상승합니다.]
*도시 운영 포인트 : 3,000

생각보다 비공정이 안전하게 날아오르자 사르키오와 마법사들은 그제야 표정이 풀렸다.

"허허, 성공했군!"

"축하드립니다, 국장님."

"고맙네!"

서로를 다독이며 축하해 주고 있다.

처녀비행이기 때문에 신성 역시 무리할 생각은 없었다. 세이프리 상공을 한 바퀴 정도 돌고 내려올 생각이다.

'좋아.'

계획이 차근차근 순조롭게 진행되고 있었다.

맑은 하늘처럼 세이프리의 장래는 밝을 것이다. 신성이 조종륜에서 잠시 손을 놓고 창밖을 바라보는 순간이다.

휘이잉!

"응?"

신성의 앞에서 신성력이 뭉치더니 포탈이 나타났다. 포탈 안에서 나타난 것은 루나였다. 루나가 케이크를 손에 든 채로 눈을 깜빡이며 신성을 바라보고 있었다.

"레어 근처라서 집에 오신 줄 알았는데… 여기는 어딘가요? 어? 마법사님들도 계시네요?"

사르키오와 마법사들이 루나를 보더니 바로 무릎을 꿇었다. 루나는 과한 예는 싫어했기에 일어나라고 말하려는 순간이다.

띠! 띠! 띠!

갑자기 정보창에서 경고음이 들렸다. 신성은 고개를 돌려 조종륜을 바라보았다. 포탈에서 만들어진 신성력이 수정구 안으로 빨려들어 가더니 마력 엔진으로 공급되기 시작했다.

"사르키오 님, 마력 엔진 출력 조절을······."

사르키오는 바닥에 무릎을 꿇느라 수정구에서 손을 떼고 있었다.

"아······."

"아······."

신성과 사르키오의 나지막한 목소리가 울려 퍼지는 순간이다.

두드드드드드! 파아아아!

비공정이 갑작스럽게 가속을 하더니 조종륜이 꺾이며 하늘을 향해 치솟기 시작했다.

"으, 으억!"

"커억!"

사르키오와 마법사들이 엉키며 자빠졌다. 루나도 깜짝 놀라며 들고 있던 케이크를 놓쳐 버렸다. 놓친 케이크가 사르키오의 얼굴에 직격했고, 접시가 마법사들을 차례차례 부메랑처럼 때렸다.

마법사들이 굴러 벽 끝에 붙어버렸다. 90도 가까이 기울어진 비공정 때문에 바닥이 벽이 된 상황이다.

신성은 간신히 바닥에 손을 꽂아 넣으며 바닥을 타고 올라 조종륜을 잡았다. 루나는 신성의 목에 매달린 채로 상황을 파악하려 애쓰고 있었다.

그러다가 창밖을 바라본 순간 굳어버렸다.

"날아… 나, 날아간다?!"

당황한 루나의 외침이다.

세이프리가 점점 작아지고 있었다. 비공정은 계속해서 가속하여 한계 속도에 도달했다. 본래 사르키오 쪽에서 속도를 전담해야 했지만 사르키오는 현재 케이크에 직격당해 기절해 있는 상태였다.

비공정이 균형을 잃으며 마치 고장 난 로켓처럼 마구 회전하며 날아올랐다. 비공정은 세이프리가 하늘 위에 있기 때문인지 순식간에 구름을 돌파하여 치솟았다.

위와 아래가 수차례 바뀌었다. 창문이 갈라지고 비공정의 외부가 뜯겨 나가는 것이 보였다.

"루나, 조종륜을 잡아!"

"아, 알았어요."

루나가 조종륜을 잡자 신성은 바로 보조 수정구를 향해 손을 뻗었다. 아슬아슬하게 신성의 손이 닿자 마력 엔진의 출력이 안정되더니 속도가 줄어들었다. 그제야 날아오르던 비공정이 균형을 잡더니 천천히 하강하기 시작했다.

신성은 겨우 안도의 한숨을 돌리며 그 자리에 털썩 주저앉

왔다.

"죄, 죄송해요."

"아냐. 뭐, 덕분에 좋은 구경을 해서 좋네."

신성의 말에 루나는 창밖을 바라보았다. 발밑에 펼쳐진 구름이 너무나 아름다웠다. 비공정의 한계 고도를 돌파하여 온 덕분에 볼 수 있는 경치였다.

"아름답네요. 마치 천계를 보는 것 같아요."

"천계라……. 한 번쯤 가보고 싶군."

"그래도 저는 세이프리가 좋아요. 천계는 아름답지만 그대로 굳어 있는 느낌이라서요."

루나가 신성의 품에 안겼다.

둘은 잠시 창밖을 바라보았다.

"으, 으… 여기는……?"

사르키오가 간신히 눈을 떠 창밖을 바라보았다.

"내가 주, 죽은 건가? 허, 허허."

창밖에 보이는 풍경에 그렇게 말하고는 다시 기절했다.

터엉! 터엉!

과부하 걸린 마력 엔진에서 폭발음이 들려오자 비공정이 서서히 떨어져 내리기 시작했다. 비공정의 상태를 보니 정상적인 착륙은 도저히 무리였다.

"세, 세이프리로 이동시킬게요!"

루나가 권능을 발휘하며 비공정을 그대로 세이프리 안으로 이동시켰다.

"뭐, 뭐야?!"

"꺄악!"

세이프리 중앙 광장 위에 나타난 비공정을 멍하니 바라보던 초보자들이 혼비백산하며 대피하기 시작했다.

콰앙!

바닥에 착지한 비공정에서 여러 부품이 떨어져 나갔다. 충격에 튕겨져 나간 마력 엔진이 바닥을 굴렀다.

"헐……."

"미친……."

"꾸, 꿈이겠지?"

휴가를 즐기기 위해 상업 지구에서 물건을 잔뜩 산 드워프들이 그 광경을 보고는 손에 들고 있던 물건들을 떨어뜨렸다.

[첫 비행이 완료되었습니다.]

[흥미진진한 모험! 최초의 곡예 비행으로 경험치가 상승합니다!]

"시험 비행은 성공이군."

"서, 성공인가요?"

"어쨌든 잘 날았고 착륙했잖아?"

"그러네요."

다소 얼이 빠져 있는 루나가 신성의 말에 대답했다.

완성도 면에서는 아쉬웠지만 차차 보완해 나가면 될 것이다. 비공정이 손상되기는 했지만 여러모로 얻은 것이 많은 비행이었다.

＊　　　＊　　　＊

비르딕에서 잠복 중인 김수정은 너무나 평온한 비르딕의 움직임에 이상함을 느꼈다. 혹시나 싶어 여러 대형 길드에 은밀히 잠입해 알아봤지만 수상한 움직임은 없었다.

'무언가 확실히……'

그저 과민한 탓인지도 몰랐다.

그녀는 작게 한숨을 내쉬며 신성과 루나, 그리고 그녀가 같이 찍은 사진을 팔찌 위에 띄웠다. 보는 것만으로도 마음이 저절로 안정되었다. 장기간의 임무는 흥미진진한 일들로 가득해 재미있었지만 신성을 보지 못하는 것에서 큰 외로움을 느끼고 있었다.

드디어 내일 세이프리로 돌아가게 되었다.

그녀는 살짝 미소 지으며 사진을 바라보았다.

얼굴을 가리는 가면에 깊은 후드를 눌러쓰고 있어 그녀의 미소는 보이지 않았다. 뒷골목의 벽에 잠시 등을 기대고 있던 그녀의 뒤로 은신을 푼 다크엘프가 나타났다.

그녀는 빠르게 사진을 내렸다.

"태양의 날 행사에 황제가 참석한다고 합니다."

태양의 날은 제국의 가장 큰 명절이다. 제국이 세워진 날을 기념하는 명절이기 때문이다. 지구로 온 비르딕이었지만 그날을 잊지 않고 있었다.

"병든 황제가?"

"네. 귀족들도 모두 참여할 것 같습니다. 미국 정부의 인사들도 온다고 하더군요. 세이프리 단합 대회가 얼마 남지 않은 만큼 화합을 하자는 의미인 것 같습니다만……."

"뭔가 걸리는 것이 있나?"

김수정의 물음에 다크엘프가 고개를 끄덕였다.

"버먼트 후작의 거동이 수상합니다. 중심까지 들어가지 못해 확증은 없습니다."

"알아봐야겠군."

김수정은 그렇게 말하고 바로 모습을 감추었다.

*　　　*　　　*

태양의 날.

비르딕에서 행해지는 가장 성대한 축제이다.

단합 대회를 앞둔 만큼 비르딕에서는 태양의 날을 통해 결속을 다지려는 의도가 명확했다. 부활석 사건이 있기는 했으나 비르딕은 현재 대도시 중에 가장 유리한 고지를 점하고 있었다.

황실의 국고에는 마력 코인과 진귀한 보물들이 넘쳐났고, 평균 50레벨에 달하는 삼만 명의 황실 기사단과 아르케디아에서 손꼽히는 세이프리의 기사단장과 맞먹는 기사가 무려 둘이나 있기 때문이다. 그러나 NPC, 즉 아르케디아의 주민들은 레벨보다 무력적인 측면에서 떨어졌다.

단순히 대규모 공성전이나 전쟁 때 이용하기 위해 제작사에서 보여주기 식으로 제작하다 보니 스탯과 스킬을 제대로 설정하지 않았기 때문이다. 김수정은 그것이 현실이 된 지금도 어느 정도 영향을 받을 것으로 생각하고 있었다.

실제로 그녀의 마스터인 신성이 세이프리의 주민들을 상대로 무력 조사를 한 적이 있었는데 레벨에 비해 약한 측면이 많았다. 그 덕분에 신성은 세이프리 주민 강화 계획까지 진행하는 중이다.

그래도 그것을 고려한다 하더라도 비르딕의 좋은 무기로 도배된 기사단은 강력할 것이다. 다른 도시들과 떨어져 있어서

망정이지 만약 거리가 가까웠더라면 내정 간섭뿐만 아니라 보호를 핑계로 한 약탈 전쟁이 일어났을지도 모른다. 기사단 휘하의 수많은 병력과 마탑의 마법사들이 합쳐진다면 엘브라스라도 크게 흔들릴 것이다.

김수정은 버먼트 후작의 동선이 사라지는 비르딕의 중앙으로 침입하기 위해 며칠 동안 잠복해 있었다.

그곳은 황궁이었다.

황실 기사단이 직접 경계 임무를 맡은 황궁으로 들어가기는 쉽지 않았다. 아르케디아 온라인에서 가장 큰 나라의 수도답게 빈틈이 없었다.

그러나 김수정은 포기하지 않았다. 새벽안개와 아침 이슬을 맞아가며 그들의 동선을 자세히 파악했다. 김수정을 따르는 다크엘프들도 의지가 대단했다.

[잠복 3일째입니다.]
[경험치가 대량 상승합니다.]
*LEVEL UP!
[비르딕 황실 기사단 경계 정보를 습득하였습니다.]
판정 : C+
*LEVEL UP!
*150P UP!

물론 보상도 있었다. 아르케디아 온라인의 경험치는 말 그대로 경험으로 쌓을 수 있는 것이었다. 모험을 하면 경험치를 주었고 이처럼 정보 수집을 해도 경험치와 더불어 스킬 포인트를 획득할 수 있었다.

김수정과 다크엘프들은 꾸준히 정보 수집 활동과 조작 활동을 한 덕분에 50레벨을 넘어서고 있었다. 그녀가 수집한 정보는 모두 세이프리에 쌓여 세이프리가 외교전에서 우위를 점할 수 있게 해주었다.

'경계가 허술해졌어. 황제가 이동했군.'

태양의 날 당일이라 그런지 보이지 않던 틈이 보였다. 황제가 이동하게 되면 그에 맞춰 황실 기사단의 동선도 바뀌니 자연스럽게 틈이 보일 수밖에 없었다.

김수정이 은신하고 있는 다크엘프들을 바라보자 다크엘프들이 고개를 끄덕이며 서서히 몸을 일으켰다.

신성이 만약 김수정의 잠입을 알았다면 반대했을 것이다. 김수정이 살짝 웃었다. 그는 위대한 존재라 추앙받을 만한 존재였지만 가족에게는 너무나 물렀다.

그가 진면모를 보인 적은 자신의 품 안에 들어온 이들을 건드렸을 때밖에 없었다.

'가족……'

고아인 김수정에게는 특별한 의미를 지닌 단어였다.

김수정이 조용히 움직이자 다크엘프들이 뒤를 따랐다. 이미 오랜 기간 함께하며 한 몸처럼 움직이게 되었다. 다크엘프들은 여러 사태를 겪은 터라 세이프리에 대한 충성도도 높았다. 신성이 그들의 가족을 우선적으로 받아주고 돌봐준 덕분에 다크엘프들은 무척이나 신성에게 고마워했다.

빠르게 성벽을 타고 넘어 황궁 안으로 침입했다. 거대한 황궁의 정원에는 수많은 하녀와 일꾼, 그리고 노예가 있었다. 하녀들이 부리는 노예는 수인종과 엘프가 대부분이었다. 옷조차 제대로 입지 않고 고된 노역을 하고 있었다.

귀족들에게 험한 꼴을 당한 엘프도 여럿 보였다.

따악!

하녀장으로 보이는 여인이 채찍으로 견인족 노예의 등을 때렸다.

"그렇게 사료를 처먹었으면 일이라도 제대로 해야지!"

"죄, 죄송합니다. 몸이 아파서……."

따악!

더욱 강한 채찍질이 이어졌다.

"어디서 개 따위가 말을 해?"

노예들은 아르케디아인이 아니었다. 그건 하녀장도 마찬가지였다.

아르케디아의 주민이었다.

게임을 즐길 때 아르케디아 설정에서 나오는 노예제도는 그저 설정일 뿐이지만 현실은 잔혹했다. 현실은 이벤트가 아니었다.

으득!

김수정은 손에 힘이 들어가는 것이 느껴졌다. 그러나 깊게 숨을 내쉬고는 다시 이동했다. 세이프리에서 비르딕에 대한 조치를 한다면 저들도 자유의 몸이 될 수 있을 것이다. 그러기 위해서 비르딕에 대해 파악하는 것이 무엇보다 중요했다.

김수정은 후작이 머무는 곳으로 빠르게 이동했다.

그곳부터 후작의 동선을 제대로 읽을 수 없었기 때문이다. 아무리 뛰어난 시력을 지녔다고 해도 이처럼 진입하지 않고서는 파악하기 힘들었다.

후작이 머무는 귀족 별관 앞에 있는 커다란 정원이 보인다. 인적은 드물었다. 그러나 얼마 전까지만 해도 누군가 머문 냄새가 났다. 김수정의 눈에 발자국이 분수대에서 끊긴 것이 보였다.

"퍼즐이군요."

다크엘프 중 하나가 바닥에 있는 돌을 조작하자 물이 사라지며 안으로 통하는 통로가 보였다.

전형적인 비밀 통로였다. 통로는 좁았는데 당연하게도 너무나 수상해 보였다. 안으로 들어가자 통로가 다시 닫혔다.

'비밀 던전 따위는 아닌 것 같은데……'

비밀 던전을 발굴하여 전력을 강화시키는 것은 있을 법한 일이다. 비르딕 지하에 숨겨진 던전이 있다고 알고 있었지만 그것은 아닌 것 같았다.

은신을 유지한 채 통로를 따라 나아갔다. 횃불이 군데군데 놓여 있어 통로는 그리 어둡지 않았다. 깊숙한 곳에 이르자 넓은 공간이 드러나면서 의외의 광경이 펼쳐졌다.

'감옥?'

쇠창살이 보이고 그 안에 엘프들이 갇혀 있다.

다크엘프도 있었는데 상태가 좋지 못했다. 학대당한 흔적이 가득했다. 성적으로 학대당한 여성 엘프도 수두룩했다.

'레드 소드……'

레드 소드의 마크를 단 자들이 감옥 주변을 지키고 있었다. 사막에서 살아남은 잔당들이 분명했다.

"어찌합니까?"

"들키지 않고 들어가는 것은 무리인 것 같습니다."

다크엘프들의 말대로 진입은 힘들었다. 김수정은 일단 은신을 유지하며 감옥을 바라보았다.

눈앞에 펼쳐진 광경을 모험가 팔찌로 녹화하는 것도 잊지 않았다. 레드 소드와 버먼트 후작이 관련 있다는 것을 알아낸 것만으로도 큰 수확이다. 필히 무언가를 꾸미고 있는 것이 분명했다.

'무엇을 꾸미고 있는 거지? 비르딕에서 다른 이들의 시선을 피하면서까지 계획할 일이라⋯⋯.'

김수정이 깊은 생각에 빠졌을 때다.

뚜벅뚜벅!

멀리서 누군가 다가왔다. 김수정과 다크엘프들은 자세를 낮추며 상황을 주시했다.

김수정의 눈이 살짝 커졌다. 낯이 익은 여인이다. 사막에서 만난 수인족의 상위 종족 구미호였다.

그때는 꼬리가 두 개에 불과했지만, 지금은 다섯 개로 늘어나 있었다. 그녀의 손에는 불길한 기운이 감도는 검은 책이 들려 있었는데 정보를 보려고 해도 보이지 않았다.

'이 기운은⋯⋯.'

기이하게도 그 책에서는 신성과 비슷한 마력이 느껴졌다. 김수정이 드래곤 나이트의 힘을 일으키며 바라보니 일련의 정보가 드문드문 떠올랐다.

[??] ??의 세뇌(진실은 ???)

??의 힘이 담겨 있는 책.

상위 종족인 미우가 사막에서 알 수 없는 힘에 이끌려 습득하게 되었다.

지닌 것만으로도 세뇌 능력을 부여해 준다. 책에 ?? 강력한 ??은 사용자의 정신에도 영향을 미친다. ??? 그러나 거짓?? 모든 것은 ??의 의도대로⋯⋯.

??은 재앙의 시초가 될 ??다.

나의 ??를 축복하며.

심상치 않은 아이템이었다. 신성과 닮은 기운은 너무나도 소름이 끼쳤다.

'저자는⋯⋯.'

그녀의 옆에서 예의를 갖춰 따라오는 자가 있었는데 레드 길드의 간부였다. 오만한 레드 소드의 간부답지 않은 태도이다. 그녀를 마치 자신의 주인 대하듯이 하고 있었다. 목걸이까지 하고 있었는데 그녀에게 개 취급을 당하고 있었다. 그럼에도 반항조차 하지 않았다.

"슬슬 시간이 되었군. 제물을 옮겨라."

"네, 미우 님. 버먼트 후작은 어떻게 할까요?"

"놔두어라. 어차피 노예일 뿐이니."

그녀는 손에 들린 책을 아이를 다루듯 조심히 쓰다듬었다. 그 책을 무척이나 소중하게 생각하는 것 같았다.

그녀의 눈은 풀려 있었다. 야릇한 쾌감에 사로잡혀 있는 것으로 보였다.

"이것만 있으면… 카르벤도, 비르딕도… 그리고… 새로운 시대를 열어… 후, 후후."

그녀가 손을 뻗자 마력이 뿜어져 나가며 감옥에 갇혀 있는 엘프들에게 깃들었다. 엘프들이 괴로운 듯 가슴을 움켜쥐다가 실이 끊긴 인형처럼 바닥에 쓰러졌다.

다시 천천히 일어난 엘프들의 눈빛은 죽은 사람을 보는 것처럼 흐렸다.

상황은 생각보다 심각했다.

이것은 김수정의 예상 범위를 넘어선 일이었다. 미우라 불린 저 여인은 엘프들을 제물로 칭했다.

'카르벤, 제물… 세뇌의 책, 태양의 날, 황제, 그리고 버먼트 후작.'

단어들이 머릿속에 떠오르며 대략적인 계획이 예상되었다. 이곳은 지하였다. 카르벤은 비르딕의 지하에 갇혀 있었다.

'설마 카르벤을 완전히 부활시키려는 건가? 아니야. 그럴 수는… 그런 짓을 어째서!'

아르케디아 온라인에서 일어난 카르벤의 부활은 불완전한 부활이었다. 내전 때문에 봉인진이 파괴되어 강제로 봉인이 해제되었기 때문이다.

김수정의 추측에 불과했지만 봉인진이 파괴되어 풀리는 것이 아니라 제물을 바쳐 특수한 의식을 행한다면 전성기 시절 그대로 부활시킬 수 있을지도 몰랐다.

저 불길한 책을 이용하여 세뇌라도 시킨다면 저 여인은 대단한 힘을 손에 넣게 될 것이다. 그러나 김수정은 무언가 다른 의지를 느꼈다. 드래곤 나이트가 되었기 때문인지 저 책에 스며들어 있는 의지를 조금이나마 읽을 수 있었다.

결코 저 여인의 소유가 될 만한 의지는 아니었다.

오히려 그 반대였다.

'무언가… 더 깊은 음모가 있어.'

미우와 함께 레드 소드들이 통로 깊숙한 곳으로 사라졌다. 제물로 바쳐지는 엘프들도 마치 언데드처럼 흐느적거리며 그녀를 따라갔다.

"지금 당장 밖으로 나가서 세이프리에 연락을……!"

"알겠습니다!"

지하에 흐르는 기묘한 마력장 때문에 마력 통신이 되지 않았다. 밖으로 나간다면 가능할 것이다. 김수정의 명령에 다크 엘프 하나가 빠르게 밖을 향해 달렸다. 김수정과 나머지 다크 엘프들은 서로를 바라보며 고개를 끄덕였다.

무슨 일이 있어도 막아야 했다.

'오늘 일이 벌어질 것이 분명해!'

태양의 날을 일부러 노린 것이 분명했다.

김수정은 다크엘프들과 통로를 달려 나갔다. 책을 들고 있는 구미호만 제거한다면 계획은 이뤄질 수 없을 것이다. 적어도 그 불길한 책만큼은 없애야 했다.

"치, 침입자다!"

"막아!"

김수정이 날렵하게 움직이며 레드 소드들의 목을 베었다. 다크엘프의 은신이 풀리며 레드 소드 위에 떨어져 내렸다.

푸욱!

레드 소드의 레벨보다 다크엘프들의 레벨이 훨씬 높았기에 레드 소드는 상대가 되지 않았다.

레드 소드를 베어가며 통로의 끝에 도달했다. 미로 형식으로 되어 있어 미우를 뒤쫓는 데 시간을 많이 지체했다.

통로의 끝에 나 있는 구멍 안으로 들어서자 불길한 마력이 느껴졌다. 백 명에 달하는 테이머들이 마법진을 구성하고 있었고, 수십의 엘프들이 거대한 조각상 주위에 서 있었다.

이미 의식은 진행 중이었다.

미우는 거대한 조각상 위에서 찬란하게 빛나는 창과 강력한 마력을 머금고 있는 책을 들고 있었다.

[C] 카르벤의 봉인지.

마족 카르벤을 봉인해 놓은 곳. 비르딕은 마족 카르벤의 마력을 뽑아내 정제하는 법을 알고 있다. 마탑을 세우는 데 가장 큰 역할을 한 것이 바로 카르벤의 마력이다.

오랫동안 마력을 채취한 탓에 봉인진이 약해져 있는 상태. 봉인진이 손상된다면 봉인이 깨질 수도 있다.

김수정은 자신의 직감이 맞았음을 깨닫고 소름이 끼치는 것을 느꼈다. 뒤에서 레드 소드들이 달려왔지만 그것을 신경 쓸 수 없었다.

이미 미우의 눈동자가 돌아간 상태였다. 책의 마력이 그녀의 정신을 흔들고 있었다.

"그만둬!"

김수정이 외치는 순간, 미우의 시선이 김수정에게 돌아갔다.

"흐응? 너도 내 노예로 삼아주지."

미우가 손을 뻗자 마력이 뿜어져 나가며 김수정을 휘감았다. 김수정은 정신이 혼란한 것을 느꼈지만 마력은 그녀의 머릿속으로 들어오지 못했다. 드래곤 나이트의 힘이 발동하자 마력이 튕겨나갔다.

세뇌 자체는 강력한 편이 아니었다. 저 책이 만들어진 목적은 결코 세뇌 따위가 아니었다. 김수정이 드래곤 나이트로 변한 모습을 본 미우가 흠칫했다.

드래곤 나이트의 마력에 책이 크게 흔들렸다.

그 순간 엘프들이 정신을 차리며 주변을 두리번거렸다.

"여, 여기는……?"

"뭐, 뭐가 어떻게……."

김수정이 미우를 향해 달려드는 순간이었다. 창을 들어 올린 미우가 그대로 조각상을 겨누었다.

"카르벤만 있으면……!"

"안 돼!"

김수정의 외침에도 불구하고 창이 조각상을 박살 내며 바닥에 꽂혀 버렸다.

두드드드드!

바닥에서 진동이 일어났다. 다크엘프, 그리고 그들과 싸우고 있던 레드 소드, 그리고 백 명의 테이머도 모두 몸이 굳었다.

"흐, 흐하하! 카르벤이, 카르벤이 깨어난다!"

미우가 미친 듯이 웃으며 소리를 질렀다.

그와 동시에 바닥이 갈라지기 시작했다.

"으, 으악!"

"사, 살려……."

갈라진 바닥에서 솟구쳐 오른 검은 손들이 테이머들을 땅 밑으로 끌고 갔다. 김수정은 이를 악물며 웃고 있는 미우를 바라보다가 엘프들을 향해 다급히 외쳤다.

"이쪽으로 뛰어!"

불길함을 느낀 엘프들이 주춤거리다가 김수정 쪽으로 달리기 시작했다.

봉인진이 있던 곳이 박살 나며 검은 기운이 솟구쳤다. 미우는 책을 들어 보이며 검은 기운을 바라보았다.

"카르벤! 내 말에 복종해! 내가 네 주인이다!"

치솟은 검은 기운이 미우의 말에 반응했다.

미우는 환한 웃음을 지으며 검은 기운을 바라보며 책을 겨누었다. 그러나 책에서는 마력이 뿜어져 나가지 않았다.

책을 휘둘러 봐도 아무런 변화가 없었다.

"어, 어?"

책에서 강력한 바람이 불더니 그녀의 손에서 빠져나왔다.

책이 녹기 시작했다.

책이 녹으면서 흘러나온 엄청난 마력이 검은 기운을 향해 뿜어져 나갔다. 검은 기운이 그것을 먹어치우더니 점점 더 거대해졌다.

성장, 아니, 진화했다.

존재의 격 자체가 달라진 느낌이 들었다.

미우는 덜덜 떨며 검은 기운을 바라보았다. 거대해진 검은 기운이 미우의 바로 앞까지 밀려왔다.

그것은 명백히 의지를 가진 존재였다.

"카, 카르벤… 아, 아… 냐. 저, 저건……."

미우가 그 이름을 입에 담는 순간 검은 기운이 벌어지며 수많은 이빨이 돋아나기 시작했다.

콰득!

그녀의 머리가 단번에 박살 나며 사라졌다.

미우의 몸을 먹어치운 검은 기운은 위를 향해 솟구치기 시작했다. 홍건한 피만이 그녀가 그 자리에 있었음을 알려주었다.

"뛰어!"

순식간에 일어난 상황에 김수정은 정신이 없었지만 단 하나는 명확히 알고 있었다. 지금 당장 이곳을 벗어나야 한다는 사실이다. 김수정의 외침에 다크엘프와 엘프들이 뛰기 시작했다.

"어디로 도망쳐야……!"

"일단 밖으로……!"

검은 기운이 휘몰아치며 모든 것을 집어삼키고 있었다.

지하 통로가 무너져 내리기 시작했다. 김수정은 실이 끊긴 인형처럼 무너져 내린 레드 소드들을 뒤로하며 온 힘을 다해 달렸다.

CHAPTER 8
비르딕의 재앙II

태양의 날.

그날을 기념하여 모두가 모인 자리에서 후작은 병든 황제를 대신해 대표 연설을 맡게 되었다.

대형 길드의 귀족들과 본래 비르딕에 머물고 있던 모든 귀족이 참여했기에 대단히 북적였다. 황궁 중앙에 화려하게 마련되어 있는 대정원에서 모두가 후작을 바라보았다. 후작은 아직 어린 황태자 쪽으로 시선을 옮겼다가 모여 있는 귀족들을 바라보았다.

연설이 시작되었다. 후작의 목소리는 사람을 끌어당기는 매력이 있었다.

"우리 제국은, 아니, 비르딕은 강해질 것입니다. 이 지구라
는 행성에서 우리는 과거의 찬란했던 업적을 다시 세울 수 있
습니다! 우리가 새로운 세상의 중심이 될 것입니다!"

"오오!"

"그렇지요."

후작은 귀족들을 바라보며 고개를 끄덕였다. 이곳에 모인
귀족 중에는 자신의 사상에 반대하는 자들도 있었다. 더 강력
한 비르딕을 만들기 위해서는 모두 쳐내야 했다.

기득권으로 올라온 저 대형 길드들도 마음에 들지 않았다.
모험가라는 족속들은 정통성에서부터 본래 귀족들과 차이가
났기 때문이다.

드디어 오늘 그가 숨겨놓은 비상의 패를 꺼낼 때가 되었다.
후작은 그렇게 생각한 순간 바닥이 흔들리는 것을 느꼈다. 예
정보다 빠른 시기에 후작은 당황했다. 갑작스러운 진동에 모
든 귀족이 주춤거리며 놀란 표정을 지었다.

콰아아아아!

대정원의 바닥이 갈라지더니 검은 연기 같은 것이 치솟았
다. 지독히 어두운 마력에 모두가 불길함을 느끼며 경계하기
시작했다.

"뭐, 뭐야, 저건?"

"화, 황제 폐하를 보호하라!"

황실 기사단이 황제를 보호하기 위해 향했지만, 후작은 그 연기를 바라보았다. 검은 연기는 점점 커져 거대한 기둥이 되었다.

"거, 걱정할 것 없습니다! 이것은 비르딕의 새로운 무기가 될 것입니다!"

검은 연기가 갈라지며 끔찍한 이빨들이 돋아났다. 대형 길드의 아르케디아인은 그 검은 기둥의 정보를 보곤 경악하고 말았다.

"마, 마족 카르벤!"

"카르벤이……!"

후작이 두 팔을 벌리며 카르벤으로 추정되는 검은 기운을 바라보았다. 그 상위 종족이 성공했다면 자신의 말을 따라야 했다. 후작은 그녀가 직접 노예들을 세뇌하고 황실 기사단장마저 세뇌에 성공하는 것을 직접 보았다. 비록 도박이기는 하지만 그녀에 대한 믿음은 충분했다.

후작의 눈동자가 커졌다.

'아니, 어쩌면 내가 세뇌를…….'

자신은 왜 그녀를 그렇게 믿고 있는 것일까?

후작은 고개를 저으며 불안감을 털어내었다.

"마족 카르벤이여! 비르딕의 힘이 되어라!"

검은 기둥이 움직임을 멈추었다. 그리고 후작에게로 다가왔다. 자신의 말을 따르는 것 같아 보이자 후작은 안도의 한숨을 내쉬며 씨익 웃었다.

자신의 선택은 틀리지 않았다.

비르딕에 영광을 가져올 것이다.

후작은 그렇게 생각했다.

"허허, 이것이 우리 비르딕의 새로운……."

후작이 황제를 바라보며 그렇게 말하는 순간, 기둥이 크게 갈라지며 거대한 입이 등장했다.

모두가 경악했다.

콰득!

후작의 육체가 거대한 이빨에 찢겨 넝마가 되어버렸다.

"꺄, 꺄악!"

"으아악!"

비명이 들리는 순간 바닥이 크게 갈라지며 수십 개의 검은 기둥이 치솟았다. 천년을 지켜온 황궁이 무너져 내리고 푸르던 하늘이 검게 물들어갔다.

병든 황제는 무너지는 황궁을 직접 두 눈으로 봐야만 했다.

고대의 재앙.

마족 카르벤이 깨어난 것이다.

알 수 없는 거대한 힘을 품고 말이다.

              *   *   *

세이프리는 바빴다. 단합 대회까지는 아직 시간이 남아 있었지만 각 대도시가 모이는 첫 대회이니만큼 신경 써서 준비하고 있었기 때문이다.

종목들은 이미 정해졌고 한국 정부와 협조하여 장소를 빌렸다. 본래 대도시들과의 단합 대회였지만 더 나아가 그 화합의 장에는 지구인도 포함되었다. 루나는 모든 종족이 평화롭게 살기를 원했는데 이번 단합 대회가 그 시작이 될 것이라며 좋아했다.

세이프리 역시 그런 루나의 뜻을 잘 따르고 있었고 신성도 반대하지 않았다. 아르케디아 온라인처럼 순수하고 아름다워진다면 상당히 보람 있을 것 같았다. 물론 루나와는 달리 신성은 챙길 것은 챙기고 받을 것은 철저하게 뜯어내자는 주의였다.

신성은 레어의 집무실에서 김갑진의 보고를 받으며 업무를 처리하고 있었다. 모험가라 불리는 아르케디아인답지 않은 모습이었지만 이것도 나름 괜찮다고 생각했다.

아무 일도 발생하지 않는 평화로운 나날이 계속되었으면 좋겠다고 생각했다. 사막에서처럼 스릴 넘치는 모험을 하지 못하는 것이 조금 아쉽기는 했지만 말이다.

모험과 보물, 그것이 가져다 준 낭만은 꽤 컸다.

"여러 기업의 후원 신청이 쌓이고 있습니다. 얼마 전에 있던 올림픽보다 더 관심이 집중되는 것 같습니다."

"뭐, 이벤트이기는 하지만 그 대단한 스포츠 스타들도 지구 팀이라는 이상한 이름으로 참여한다고 하니……"

깁갑진의 말에 신성은 그렇게 대답했다.

신성은 그저 종족끼리 모여서 하는 이벤트성 운동회 정도로 생각했지만, 대회 위원회가 구성되고 지구인 대표라 불리는 이들도 참여하다 보니 그 규모가 생각보다 커지게 되었다. 준비 기간이 짧은 만큼 올림픽처럼 성대하게 진행되지는 않을 테지만 기존에 있는 시설을 최대한 이용하기로 방향이 정해졌다.

아무튼 세계 기록을 갈아치운 스포츠 스타라고 하더라도 아르케디아인들에게는 상대가 되지 않을 것이다. 마력을 사용하지 않고 순수 육체 능력만을 써도 인간을 가볍게 뛰어넘을 테니 말이다.

"각하께서 대표 연설을 하게 될 것 같습니다만……"

"그건 곤란한데."

"그럼 루나 님이 해야 합니다."

"음……"

루나에게 시킨다면 루나는 막중한 책임감을 느끼고 밤을 지새워 준비할 것이 뻔했다. 신성은 한숨을 내쉬고는 고개를 끄덕일 수밖에 없었다.

김갑진은 그런 신성의 모습에 살짝 웃다가 모험가 팔찌로 온 메시지에 표정이 굳었다.

"방금 정보국에서 긴급 정보가 도착했습니다. 비르딕에 변고가 있는 모양입니다."

"응?"

김갑진이 메시지를 보여주었다. 비르딕에서 심상치 않은 계획이 진행되고 있다는 정보가 적혀 있었다. 카르벤과 관련된 일이니 지원을 요청한다는 내용이었다.

"카르벤? 비르딕이 카르벤을… 이용할 것 같다고?"

신성의 눈동자가 크게 떠졌다.

미친 소리였다.

카르벤은 보통 보스가 아니다. 어떠한 대화도 가능하지 않은 파괴자였다. 비르딕이 어떤 식으로 계획을 짰는지는 모르지만, 뭐가 되었든 대단히 무모한 생각이었다.

막아야 했다. 자칫 잘못해서 카르벤이 부활이라도 한다면 엄청난 재앙이 될 것이다.

"보통 문제가 아니야. 지금 당장 비르딕으로 가야겠어."

신성은 그렇게 생각하며 바로 포탈을 생성해 루나의 탑으로 이동했다. 김갑진도 따라왔는데 그의 표정 역시 좋지 않았다. 평화가 깨진다는 것이 이번에는 유독 크게 다가왔기 때문이다.

"비행기 예약은?"

"비르딕은 그랜드캐니언에 있습니다. 지금 출발한다고 해도 도착하는 것은……."

"돌겠군."

신성의 표정이 굳었다. 거리가 너무 멀었다.

"김수정 정보국장과 정보원들이 비르딕에 있습니다."

"최대한 수정이에게……."

말을 끝내기 전에 신성의 눈에 팔찌에 떠올라 있는 메시지가 보였다. 팔찌를 눌러보자 김수정의 이모티콘이 다급한 표정이다.

김수정의 영상 메시지가 도착해 있었다. 고급 팔찌에 달린 기능이다. 신성은 영상 메시지를 공개로 해놓고 김갑진과 메시지를 보기 시작했다.

화면 속 김수정은 다급한 표정이었다. 그녀의 뒤에서는 검은 무언가가 계속해서 솟아나고 있고 주위의 다크엘프와 엘프들이 전력을 다해 뛰고 있었다.

[마족 카르벤이 부활… 치지직… 기존의 모습과는 다릅니다! 반복합니다! 치지직! 마족 카르벤이… 젠장! 마력장

이……!]

[비르딕 밖으로 나가는 길이 막혔습니다!]

[멈추지 마! 뛰어!]

화면이 마구 흔들렸다. 마력장 간섭이 심한지 화면은 일그러져 있었지만 얼마나 심각한 상황인지 충분히 볼 수 있었다.

김수정은 다급히 화면을 바라보며 입을 떼었다.

[마스터, 카르벤의 부활에는 마스터와 관련된 무언가가 있습니다. 마스터께서…….]

[뭐, 뭐야, 저건?!]

다크엘프의 말에 김수정의 고개가 돌아갔다. 김수정의 표정이 경악으로 물드는 것이 보인다. 그 순간 노이즈가 생기며 영상이 끝났다.

신성의 표정이 급격히 나빠졌다. 얼굴이 잔뜩 일그러지며 두 눈에서 사나운 황금빛이 일렁였다.

카르벤은 이미 풀려난 모양이다.

김수정의 생사마저 모르는 상황이다.

알 수 없는 이유로 비르딕에서 빠져나오지 못한 것으로 보였다. 지금 비르딕의 누군가가 눈앞에 있었다면 신성은 찢어 죽였을 것이다. 그 영혼마저 갈기갈기 찢어 고통이란 고통은 모두 부여해 주었을 것이다.

"진정하세요."

분노로 물들어가고 있는 신성의 앞에 루나가 나타났다.

"수정이는 무사해요. 비르딕에 있는 세이프리의 영토에 있는 것이 느껴져요."

"세이프리의 영토라면……."

"네, 큰 건물 안에 있는데 제 힘이 닿고 있어요. 부정한 것들이 당분간은 침입할 수 없을 거예요."

신성은 안도의 한숨을 내쉬었다.

비르딕의 백작에게서 뜯어낸 귀족 별장이 분명했다. 별장을 담보로 받아낸 것이 정말 다행이었다. 세이프리의 영토에 속해 있기 때문에 루나의 신성력이 닿고 있었는데 워낙 먼 거리라 그 힘은 미약했다.

"하지만… 얼마 버티지 못할 거예요. 비르딕을 장악한 그 힘은 대단히 강력해요."

"공간 이동은 가능해?"

"죄송해요. 물건 정도라면 가능하겠지만……."

직접 가야 한다는 말이었다.

"저는 지금부터 신전에서 최대한 힘을 집중할게요."

루나의 말에 신성은 고개를 끄덕였다. 루나 역시 김수정과 세이프리의 인원을 걱정하고 있었다. 그럼에도 흔들리는 모습은 보이지 않았다. 오히려 신성보다 더 굳건하게 서 있었다.

그녀는 어쩔 때 보면 신성보다 성숙하고 강했다.

'진정하자.'

신성은 숨을 몰아쉬었다. 그러자 들끓던 감정이 사라지고 머릿속이 차갑게 내려앉았다. 지금 같은 상황에서는 냉정한 판단이 무척이나 중요하다는 것을 신성은 알고 있었다.

감정을 폭발시키는 것은 비르딕에서 해야 할 일이었다. 김수정과 세이프리의 다크엘프들이 무사하다는 것을 확인했으니 빠르게 구출 계획을 세워야 했다. 카르벤 토벌은 그 이후의 일이다.

세이프리는 이상향이다. 세이프리가 위기에 빠진 주민을 버리게 된다면 다른 도시와 다를 바 없게 된다.

자신, 그리고 세이프리를 위해서라도 그들을 결코 버릴 수 없었다.

그리고 김수정은 그가 책임져야 할 그의 사람이었다.

카르벤 쪽에 무언가 변수가 생긴 것 같았다. 그 영상은 카르벤의 힘이라고 보기에는 무리가 있었다. 그것이 무엇이든 현재 상황에서는 직접 가서 확인해야만 했다.

"최대한 빨리 가야 해. 지구의 이동 수단은 아무래도 절차가 복잡하고 늦어."

"그렇다는 말씀은……?"

신성은 마도 공학 기술 연구국 쪽을 바라보았다. 비공정이 고장 난 이후 다시 제작 중이었다.

"지금 당장 비상경계령을 내려! 구출대를 편성한다!"

"알겠습니다!"

"연구국 인원 모두 소집해! 구출대의 지원자도!"

지원자는 분명 적을 것이다.

목숨을 걸고 어떠한 위험이 있는지 파악되지도 않은 곳을 가야 하기 때문이다. 대규모 레이드 인원을 꾸리기에는 거리상 무리가 있었다.

'무언가 불길해. 빨리 가지 않으면……'

마족 카르벤이 아르케디아 온라인에서와는 다를 것 같았다. 김수정의 말이 계속해서 그의 머릿속에 떠올랐다.

신성은 바로 연구국으로 달려갔다. 세이프리에 비상경계령이 내려지자 초보자들이 무슨 일인지 몰라 웅성거렸다.

곧이어 비르딕에 있던 일이 발표되었다.

비르딕을 휘감는 무언가가 있는 탓인지 아르케넷은 조용했지만 세이프리에서 공식적으로 발표한 이후 각종 게시판이 들끓기 시작했다. 이미 다른 대도시에까지 소식이 퍼져 나가고 있었다.

제조소에 가보니 소형 비공정의 모습이 보인다. 사르키오와 마법사들, 그리고 드워프들이 허겁지겁 달려오고 있다. 모두 소식을 듣고 달려온 것이다.

"가, 각하, 도, 도대체 비, 비르딕에서 마족 카르벤이 부활했다는 소식이 사실입니까?"

"그렇습니다. 지금 당장 비르딕으로 가야 합니다. 비공정 가동이 가능합니까?"

"핵심적인 부분은 모두 수리하였습니다. 외부가 문제이기는 한데 비행에는 지장이 없을 것입니다."

모처럼 들려오는 희망적인 소식에 신성은 고개를 끄덕였다.

"최대 수용 인원은?

"무역선이기 때문에 화물칸을 떼어낸다고 해도… 25명이 한계일 것입니다. 아무래도 무게 때문에……."

화물칸은 인벤토리 형식이기 때문에 그것을 떼어내도 공간이 그리 많이 나지 않았다. 데리고 오는 인원도 생각해야 했다.

"속도와 수용 인원을 올려야 합니다."

"음, 화물칸을 떼고 기체의 무게를 줄인다면 가능합니다. 안정성은 조금 떨어지겠지만 말입니다."

신성은 고개를 끄덕였다.

너무나 갑작스러운 상황이라 구체적인 구출 계획은 세워지지 않았다. 일단 가면서 생각해보는 것이 좋을 것 같았다.

"빨리 옮겨!"

"이것도 떼고… 저것도 떼!"

"최대한 가볍게 만들어!"

드워프들이 달라붙어 비공정의 화물칸을 떼어내기 시작했다. 신성 역시 합류해서 일을 도왔다. 신성의 지시에 맞춰 드워프들이 일사불란하게 움직였다.

비공정은 상당히 복잡한 구조로 이루어져 있어 시간을 꽤나 잡아먹었다. 초조한 마음과는 다르게 작업의 진행 속도는 느렸다.

사르키오가 밖을 바라보다가 신성에게 시선을 옮기며 입을 뗐다.

"구출대 지원자들이 온 모양입니다."

"벌써 말입니까?"

의외의 말에 신성은 제조소 밖을 바라보았다. 세이프리의 초보자 패키지를 입은 많은 이들이 제조소 앞에 나타났다. 상당히 많은 초보자의 모습에 신성은 오히려 당황했다.

"마족 카르벤이라면 세이프리도 위험한 거 아닙니까?"

"일단 뭐라도 하고 싶습니다!"

"세이프리를 지키고 싶어요!"

"저번 몬스터 웨이브처럼 된다면……."

세이프리에 가족이 있는 이들이 많았다. 저들의 지원이 고맙기는 하지만 20레벨도 안 되는 초보자들을 데려갈 수는 없었다. 그들의 그런 마음이 루나의 탑을 더욱 밝게 만들었다.

신관들을 이끌고 김갑진이 도착했다. 김갑진은 신성 대신

이곳의 운영을 맡아야 하니 이곳에 남을 수밖에 없었다. 루나가 신전에서 힘을 집중하고 있는 이상, 신성이 없다면 김갑진이 세이프리의 최고 책임자였다.

신관들은 신성과 호흡을 맞춰본 이들이다.

신관들이 있는 것만으로도 신성은 큰 힘을 발휘할 수 있었다. 신성이 신관들의 얼굴을 한차례씩 바라보자 신관들이 씨익 웃으며 고개를 끄덕였다.

"저희도 가겠습니다."

익숙한 목소리가 들려왔다.

의외의 인물이 나타났다. 현장 답사를 위해 단합 대회에 참여하는 엘프들을 이끌고 미리 도착해 있던 에르소나였다.

에르소나의 옆에는 커다란 사슴을 탄 엘레나가 있었다.

엘레나는 엘브라스로 돌아갔다가 에르소나를 몰래 쫓아온 모양이다. 엘프들 사이에 몰래 섞여 있는 것을 발견했다는 소리가 들려왔다. 단합 대회가 열리는 날에 정식으로 방문하기로 되어 있었지만 그보다 훨씬 빨리 온 것이다.

엘브라스에서 큰 소동이 났다는 소문은 이미 아르케넷에 올라와 있었다.

엘레나가 사슴에서 내리며 신성을 바라보았다. 그녀는 제법 의젓해 보였다.

"상황이 심각한 만큼 엘브라스도 도울 것입니다. 카르벤은

엘프의 원수이기도 합니다. 다크엘프들과도 이야기를 나눠보
겠습니다."

신성은 고개를 끄덕인 다음 에르소나를 바라보았다. 에르
소나는 여전히 차가운 표정이었다.

"이것으로 저번의 빚은 없는 것입니다."

"단순히 그것 때문만은 아닌 것 같은데."

"네, 카르벤에 대한 정보 수집이 주 목적입니다. 저번과 같
은 일은 용납될 수 없으니까요. 이번에는 당신의 뜻대로 되지
않을 것입니다."

"저번의 그것도 내 뜻은 아니었지만 아무튼 괜찮겠지."

"그리고… 수정이가 그곳에 있다고 들었습니다."

김갑진이 말해준 모양이다. 김갑진이 에르소나의 지원을 유
도한 것이 분명했다.

에르소나도 이곳이 게임과는 완전 다르다는 것을 인식하고
있었다. 변수가 훨씬 많았고 마족 카르벤이 본래 자신이 알고
있던 카르벤이 아닐 수도 있다는 것을 염두에 두고 있었다.

그녀는 신성을 마치 마왕을 보듯이 바라보았다. 그녀의 눈
빛은 엘프답지 않게 뜨거웠다. 기필코 따라잡을 것이라는 의
지가 충만해 있었다.

목적이야 어떻든 에르소나는 대단히 큰 전력이다. 55레벨에
이르러 있어 이곳에 있는 사람 중에서는 신성을 제외하고 제

일 높았다. 게다가 사람들을 이끄는 것에는 에르소나가 훨씬 뛰어났다. 에르소나와 신성이 지향하는 세계는 달랐지만 어쨌든 공동의 적을 둔 것은 분명했다.

"아무래도 비공정을 움직이려면 저도 가야겠군요. 허허허."

"사르키오 국장님."

사르키오가 인자한 웃음을 지으며 말했다. 그는 중요한 인물이었지만 비공정을 조종하는 데 그의 역할이 꼭 필요했다. 그만큼 마도 공학 지식을 가진 인물이 없었다.

"허허, 예전부터 지구를 이 눈에 담아보고 싶기는 했습니다."

"저희도 가겠습니다."

"저도 도움이 될 겁니다. 정비공이 필요하기는 하잖아요?"

드워프들과 마법사들도 지원했다. 아르케디아인, 그리고 아르케디아의 주민들로 구성된 파티가 구성되었다.

[구출대 파티가 편성되었습니다.]

[파티장으로 임명됩니다.]

[드래곤의 힘으로 파티의 능력치가 상승합니다.]

*올 스탯 +10

*경험치 : 120%

*보물을 찾을 확률 : 30%

총인원은 열다섯 명이었다.

파티장은 신성이 맡았다. 신관 둘과 사르키오를 포함한 마법사 넷, 드워프 셋이 세이프리의 인물들이고 나머지는 에르소나와 그녀가 이끄는 정예 엘프들이었다. 파티는 아르케디아를 대표하는 모든 종족으로 구성되어 있었다.

화물칸과 무거운 부품 적출이 완료되자 신성을 선두로 하여 모두 비공정에 올랐다. 사르키오와 마법사들은 안색이 굳어졌지만 나머지 몇몇 인원은 처음 타보는 비공정에 강한 흥미를 보였다. 특히 엘프들은 비공정을 두드려 보고 여기저기 기웃거렸는데 에르소나가 무서운 눈빛으로 바라보자 움찔하며 얌전해졌다.

김갑진이 여러 가지 물품을 챙겨서 가방에 넣어 가지고 왔다. 강화된 인벤토리 가방에는 각종 식량, 캠핑용 텐트와 침낭을 포함해 제법 많은 것이 들어 있었다.

김갑진이 열린 비공정의 입구에 서서 신성을 바라보았다.

"상황은 심각한 모양입니다. 미국이 발칵 뒤집혔습니다. 지구의 뉴스에도 보도되고 있는데, 아무래도 우리가 알고 있는 카르벤 사태와는 다른 것 같습니다. 조심하십시오."

"알겠어. 세이프리를 부탁해."

"네, 빨리 다녀오십시오. 자리를 비우시는 만큼 처리해야 할 서류가 쌓일 테니까요."

김갑진의 말이 끝나자 드워프가 레버를 조작해 비공정의 문을 닫았다. 신성이 메인 수정구에 손을 올리자 사르키오가 보조 수정구를 잡았다.

"진동이 좀 심할 거야! 뭐라도 잡아!"

"안전벨트는 없습니까?"

에르소나가 묻자 신성이 드워프를 바라보았다. 도구함을 들고 있던 드워프가 어깨를 으쓱했다. 비공정을 제작한 드워프들마저도 벽에 드라이버 따위를 박아 넣고 그것을 잡고 있었다. 비공정을 자세히 살펴보던 에르소나의 표정이 어두워졌다.

"…완성도가 많이 떨어지는군요."

"일단 대충 뜨기만 하면 돼! 부족한 부분은 그때그때 보충하자고!"

신성은 말을 하며 바로 마력 엔진을 가동했다. 에르소나는 신성의 말에 강한 불길함을 느꼈다.

신성이 대형 비공정을 움직여 여러 비공정을 박살 낸 일화는 유명했다. 추락한 대형 비공정은 엘브라스에 떨어져 숲을 꽤 태워먹었다. 그 일로 대형 무역 길드는 파산했고, 그 영상은 광고로 제작되어 많은 유저에게 소개되었다.

그녀의 마음속에 불안함이 차올랐지만 이미 엎질러진 물이었다. 부디 아무 일 없기를 바랄 수밖에 없었다.

신성의 조종에 따라 비공정이 천천히 움직이기 시작했다. 제조소 앞으로 몰려온 많은 초보자가 비공정이 떠나는 것을 배웅했다.

그들은 무장을 갖추고 있었는데 세이프리를 지키기 위해 주변 경계에 자원했다. 루나의 마음이 전해져 왔다. 걱정하는 마음이었지만 꼭 구해오라는 뜻이 느껴졌다. 엘레나 역시 엘프들과 함께 비공정이 떠나는 것을 지켜보았다.

신성이 목적지를 비르딕으로 정하자 맵 정보가 떠오르며 항로가 표시되었다. 미국의 반응이 어떻든 일단 출발하는 것이 중요했다. 어차피 현대 무기로 비공정의 실드를 뚫기는 힘들었다.

마력장을 두르고 있어 기본적으로 레이더에 잡히지 않았지만, 신성은 그것까지는 몰랐다. 아르케디아 온라인에서 그랬던 것처럼 마력 탐지 기능이 있어야 비공정을 추적할 수 있었다.

신성이 생각하지 못한 외교적인 문제는 김갑진이 잘 처리해 줄 것이다. 어쨌든 협조하지 않으면 마족 카르벤에 의해 엄청난 피해를 당할 테니 말이다. 게다가 이미 비공정 운용 문제에 대해 각 나라의 정부 측과 이야기가 진행되고 있는 상황이었다.

"간다."

두드드드드드!

신성이 그렇게 말하며 조종륜을 잡자 비공정이 마구 흔들리기 시작했다. 내부에서 무언가 떨어져 나가며 부딪치는 소리가 들려왔지만 이미 멈출 수는 없었다.

비공정이 속도를 내기 시작하더니 천천히 세이프리 상공을 향해 나아갔다.

CHAPTER 9

어둠의 공세I

비공정은 하늘을 가르며 나아갔다.

높은 고도까지 치솟아 빠르게 가속하여 쉴 새 없이 날았다. 신성의 막대한 마력 덕분에 비공정의 연료는 전혀 부족하지 않았다. 드래곤 하트에서 생성되는 마력은 소비되는 마력보다 많았다.

신성이 정신적으로 피로를 느끼는 이유는 따로 있었다. 자동 조종이 되지 않았기에 항로를 보면서 일일이 조종을 해야 했다. 기류 변화가 심한 구간에서는 하급 실드까지 펼쳐야 안정적인 운행이 가능했다. 그나마 사르키오 쪽은 쉴 수 있었는데 본인이 쉬는 것이 대단히 미안한 눈치였다.

[새로운 항로를 개척하는 중입니다. 새로운 항로 위에서는 지속해서 경험치가 상승합니다.]
*세이프리 — 비르딕(60%)

[칭호를 획득하였습니다.]

[A]신항로 개척자
새로운 항로를 개척한 자에게 주어지는 칭호. 세이프리와 비르딕을 연결하는 노선을 개척했다.
*보물 발견 확률 +20%

새로운 항로에 오르게 되면 특정한 보상과 함께 많은 경험치를 얻을 수 있었다. 오히려 사냥보다 경험치 적인 측면에서 효율이 높았고 파티 안에 있는 모두가 보상과 경험치를 받을 수 있으니 아르케디아 온라인에서는 이처럼 모험을 하는 이들이 많았다.

신성은 뒤를 바라보았다.

늦은 밤이었기에 파티원들이 좁은 통로와 화물칸에서 등을 기댄 채 잠을 청하고 있었다. 드워프와 엘프 그리고 수인족과 휴먼이 서로 어깨와 등을 맞대고 잠을 자고 있는 장면은 아르 케디아 온라인에서는 보기 드문 장면은 아니었다. 그러나 현실이 된 지금은 꽤 희귀한 장면이 되어버렸다. 엔진 출력을 담당하던 사르키오 역시 보조 수정구 옆에서 꾸벅꾸벅 졸고 있었다.

신성은 고개를 돌려 창밖을 바라보았다.

창밖에서는 달빛을 받은 구름이 이불처럼 펼쳐져 있었다. 이 환상적인 광경을 보고 있는 것은 신성과 에르소나뿐이었다. 본래 지구의 달과 아주 맑은 빛을 내는 루나가 섞여 너무나 아름다웠다. 루나의 빛은 신성의 마음을 따듯하게 만들어주었다. 마치 그녀가 옆에 있는 것처럼 느껴졌다.

"루나의 빛이 이곳을 비추고 있군요."

"응."

신성과 에르소나는 많은 말을 나누지 않았다.

처음과는 달리 신성은 에르소나에게 아르케디아 온라인에서 그랬던 것처럼 말을 놓고 있었다. 에르소나는 그것에 대해 별말을 하지 않았다.

신성은 에르소나가 자신의 옆에 얌전히 서 있는 것이 아직도 믿기지 않았다.

"내가 너와 이렇게 같이 행동하게 될 줄은 몰랐어."

"마찬가지입니다."

"우리는 서로 적이었지만 그래도 그때는 나름 재밌었잖아?"

"당신만 그랬겠지요. 그렇게 많은 견제를 했지만… 결국은 아르케디아 온라인과 비슷하게 흘러가는군요. 그때보다 당신은 더 발전했습니다. 확실히 까다로운 상대입니다."

신성은 피식 웃었다. 에르소나의 인정을 받으니 조금 기분이 묘해졌다.

에르소나는 여전히 책임감이 강했다. 이 비공정은 워낙 불안정해 안정적인 운행을 위해서는 신성이 조종해야 했는데 모두가 잠이 든 지금 이 순간까지도 그녀는 긴장을 늦추지 않고 있었다.

여전히 피곤한 성격이었지만 그래도 미워 보이지는 않았다.

"비르딕의 재앙은 휴먼족이 자처한 것입니다."

"그렇지."

"그들이 주도권을 잡는다면 세계는 더욱 혼란스러워질 겁니다."

"인간인가… 우리도 인간이었지만 인간에 대한 믿음은 상당히 옅군."

"인간이었기 때문에 아는 것입니다."

에르소나는 처음 그대로 인간에 대한 경계를 늦추지 않고 있었다. 엘프, 혹은 그 이상의 존재가 주도권을 잡아야 세계가 평화롭게 바뀌게 되고 안정된다고 생각하고 있었다. 현재

의 신성은 세이프리를 유지하는데 모든 신경을 쓰고 있을 뿐
이었다. 세상이 어떻고 그런 것을 생각하기에는 신성은 세이
프리만으로도 벅찼다.

어쨌든 세계를 위협할 적이 있는 이상 나중에 생각해도 될
것이다. 에르소나도 그것을 알기에 별다른 말을 꺼내지 않았
다. 그녀 역시 신성과 마찬가지로 루나의 빛을 받으며 펼쳐진
구름의 바다를 바라볼 뿐이었다.

"쉬고 있어. 엄청 바빠질 것 같으니까."

"무슨 일이 있으면 바로 말해주십시오."

고개를 끄덕이며 그렇게 말한 에르소나는 벽에 등을 기대
고는 조용히 눈을 감았다. 그녀는 분명 깊게 잠을 자지는 않
을 것이다.

모두가 잠들자 신성은 깊게 숨을 내쉬었다. 김수정에 대한
걱정과 카르벤에 대한 일로 머리가 복잡했다. 그러나 그것을
결코 티를 내지 않았다. 감정을 최대한 억누르며 현재 해야
할 일에만 집중하고 있었다.

루나가 보고 싶어지는 밤이었다.

날이 밝고 최대 속도로 계속 질주하고서야 비르딕 근방에
도착할 수 있었다. 미국 상공에 들어온 지 이미 한참 지난 상
태였다. 미국에서의 반응은 없었다. 전투기 정도는 볼 수 있으
리라 예상했지만 조금은 싱거운 결과였다.

"곧 그랜드 캐니언이야. 죽기 전에 한 번쯤 가봐야 하는 곳이기도 하지."

"허허, 그렇습니까? 음, 죽기 전에 한 번쯤 가봐야 하는 곳에 죽으러 가는 느낌이 드는군요."

신성의 말에 사르키오가 그렇게 말했다.

"음, 각하. 그 근방에 대도시가 있습니까? 일이 해결되면 방문해보고 싶습니다만……."

"라스베이거스와도 가까워. 도박으로 유명하다는데 나도 잘 모르겠군. 기회가 되면 가보도록 할까."

"오오, 라스베이거스라… 맛있어 보이는 이름입니다. 한때 제가 비르딕 도박장의 마력 코인을 쓸어 담은 적이 있지요. 허허허."

사르키오는 호기심이 대단히 많았는데 지구의 문명에도 큰 관심이 있었다. 드워프들 중에 있는 아르케디아인에게 이것저것 묻기 시작했다.

신성은 창 너머를 바라보았다.

'저건…….'

날씨는 무척이나 맑았는데 저 멀리서 검게 물든 하늘이 보이기 시작했다. 처음에는 먹구름으로 생각했지만 그것은 아니었다. 먹구름이 저렇게 꿈틀거리면서 다가올 리가 없었기 때문이다.

[죽음의 땅으로 진입합니다.]

[정보가 업데이트되었습니다.]

*비르딕→ 죽음의 땅

[죽음의 땅을 발견하였습니다.]

*관계 : 적대적

*필드 침식 진행 중

*죽음의 땅에서는 의지가 약한 자들의 성향이 지속적으로 하락합니다.

비르딕의 명칭이 바뀌어 있었다. 신성은 강한 불길함을 느꼈다. 창밖을 바라보던 이들 역시 그러했다. 어두운 하늘이 가까워질수록 불길함은 더욱 커져갔다.

푸른 하늘이 점차 가려지며 검은 먹물로 가려놓은 듯한 또 다른 하늘이 펼쳐지기 시작했다. 순식간에 빛이 사라지고 주변이 어두워졌다. 루나가 없는 밤을 보는 것 같았다. 불길하고 끔찍한 어둠이 펼쳐져 있는 것이다.

모두가 말을 잊었다. 아르케디아인은 지구에서 이런 광경을 보게 될 줄은 상상도 하지 못했기 때문에 더욱 안색이 나빠졌다. 아르케디아 온라인에서 있었던 카르벤의 부활보다 훨씬 스케일이 컸다. 카르벤이 마물의 숲을 만들기는 했지만, 상공까지 물들이지는 않았다.

'도대체…….'

비르딕은 어떻게 되어버린 걸까?

그런 의문만이 신성의 머릿속에 떠오를 뿐이었다.

두드드드드드!

비잉! 비잉!

비공정이 급격히 흔들리더니 비상 사이렌 소리가 들려왔다. 정체를 알 수 없는 어두운 기류가 비공정에 큰 영향을 주고 있었다.

"에, 엔진의 출력이 낮아집니다!"

사르키오가 다급히 외쳤다. 엔진의 출력이 낮아지며 속도가 느려지기 시작했다.

"아래로 하강합니다! 거의 다 도착했어요! 최대한 안정에 힘써주세요!"

"알겠습니다!"

신성의 말에 사르키오가 고개를 끄덕이며 대답했다.

벼락이 비공정을 스쳐 지나갔다. 신성은 하급 실드를 펼치며 기체를 방어했다. 어둠의 기류가 지구의 날씨에 악영향을 미치고 있었다.

"비, 비르딕이 보입니다!"

"세상에!"

"저, 저게 비르딕이라고?"

창밖을 내려다보던 모두가 경악하며 외쳤다.

어두운 구름을 뚫고 하강하자 비르딕의 모습이 눈에 들어왔다.

신성의 눈동자가 커졌다. 휘황찬란했던 비르딕의 옛 풍경은 신성의 기억 속에 뚜렷하게 남아 있었다. 그런데 지금 보이는 광경은 전혀 그것과 매치되지 않았다.

녹아내리듯 부서져 있는 건물, 그리고 기이하게 솟아 있는 검은 나무들. 그것은 거대했지만 너무나 앙상해서 마치 사람의 뼈처럼 보였다. 그런 나무들이 비르딕 전체를 잔혹하게 먹어치운 상태였다. 자욱한 검은 안개가 주변에 깔려 비르딕의 상징과도 같은 흰 철벽은 보이지도 않았다.

죽음.

그야말로 죽음의 땅이라는 이름과 잘 어울렸다. 비르딕의 주변까지 검게 물들고 있었는데 그것이 의미하는 바를 신성은 알고 있었다.

'필드 침식……!'

필드 침식이 진행되고 있었다. 아르케디아 온라인에서는 마물의 숲에만 국한되었지만 지금은 무언가 달랐다.

두근!

드래곤 하트가 두근거렸다.

거부감이 들면서도 친숙한 감각이 느껴졌다. 신성은 자신의 손을 바라보았다. 마력이 일렁이며 비늘이 돋았다가 사라졌다. 이 불길한 기운에 드래곤 하트가 반응하고 있었다.

'사막에서와 같은 느낌……'

신성의 그런 생각은 오래가지 않았다.

"전방에서 검은 안개가 몰려옵니다!"

창밖을 바라보고 있던 엘프 하나가 외쳤다. 에르소나는 그 말에 급히 창밖을 바라보았다. 신성의 눈에 에르소나의 표정이 급격히 굳는 것이 보였다. 하이엘프의 뛰어난 시력으로 무언가를 발견한 것이었다.

신성 역시 자세히 다가오는 검은 안개를 바라보았다.

"미친!"

신성의 입에서 튀어나온 말이었다.

그것은 검은 안개 따위가 아니었다. 마치 물고기 떼처럼 꿈틀거리는 저것은…….

"와이번……"

에르소나가 신음을 삼키며 말했다.

검은 안개처럼 보일 정도로 숫자가 많은 날아다니는 몬스터, 와이번이었다.

신성은 다급히 비공정의 진로를 바꾸었다. 선체가 급격히 틀어지며 아래를 향해 빠르게 나아갔다. 그러나 와이번 무리의 속도는 상당히 빨라 비공정 바로 앞까지 다가와 있었다.

"각하! 저것은 보통 와이번이 아닙니다!"

"저, 저건…! 맙소사!"

"마, 마물이다!"

사르키오와 마법사의 말이 들려왔다.

52Lv

[D-]좀비 와이번

어둠의 기운을 받아 탄생한 와이번. 뼈와 일부의 살로 이루어져 있는 좀비 와이번은 오로지 생명체의 피를 갈구하는 본능만이 남아 있다. 시체조차 남기지 않고 모두 먹어치우는 좀비 와이번 무리를 마계에서는 까마귀 떼라고도 부른다.

뼈는 검처럼 날카롭고 맹독을 품고 있어 각별한 주의가 필요하다.

레벨 자체도 높은 편이었다. 마물의 숲은 레벨 100이상이 되는 몬스터들도 나왔는데 그것은 카르벤이 죽고 난 이후였다. 그러나 지금은 어떻게 돌아가는지 알 수 없는 상황이었다.

"사르키오 님! 엔진 출력을……!"

"엔진 출력이 계속 낮아집니다! 조절이 되지 않습니다!"

비공정이 다급히 선회했지만 좀비 와이번은 이미 바로 앞까지 와있었다. 그나마 있던 빛이 가려졌다. 창문을 검게 물들인 그림자가 마구 스쳐 지나갔다.

콰아아앙!

실드가 급격히 깎여나가며 깨져 버렸다.

"아무거나 붙잡아!"

신성이 말이 울려 퍼지는 순간 비공정의 옆에 찢겨 나가며 거대한 구멍이 뚫려버렸다. 와이번의 날카로운 날개가 스쳐 지나간 것이다.

휘이이이익!

드워프 하나의 몸이 들썩이더니 밖으로 빨려나가기 시작했다.

"으, 으아아!"

하늘 밖으로 떨어져 내리려는 드워프에게 엘프가 다급히 발을 뻗었다. 드워프는 간신히 엘프의 발을 잡고는 그대로 비명을 질렀다. 밖으로 튕겨 나갔다가는 레벨이고 장비고 뭐고 그냥 끝이었다.

신성은 최대한 회피 기동을 하다가 급선회하며 와이번의 무리에서 벗어나려 애썼다. 와이번들이 선체를 마구 스치고 지나가며 선체를 손상시키기 시작했다.

"사르키오 님! 실드를!"

신성의 말에 사르키오와 마법사들이 실드 마법을 빠르게 캐스팅하여 제일 큰 손상 부위를 막았다. 에르소나의 지시로 엘프들이 활을 들더니 뚫린 벽으로 활을 겨누었다.

"발사!"

쉬이이잉!

정령이 깃든 화살이 와이번 떼에 적중했다. 내구력은 약한 편이라 머리가 단번에 날아갔지만, 숫자가 너무 많았다. 이러다가 와이번에게 파묻혀 추락해 버릴 것 같았다.

콰앙!

마력 엔진 하나가 터지며 선체가 급격히 기울었다. 더 버티는 것은 무리였다.

빨리 벗어나야 했다.

'신성력이라면⋯⋯!'

신성은 시험 테스트 때를 떠올렸다. 신성력이 섞인다면 그 비정상적인 출력이 나올 수 있을 것이다. 신성이 신성력을 일으키며 수정구에 불어넣자 마력 엔진이 돌아가며 출력이 오르기 시작했다.

"더 빨리!"

신성의 외침에 반응하듯 마력 엔진이 성난 마력을 토해냈다.

쉬이이이!

검은 와이번 때에서 벗어나 빠르게 나아가기 시작했다. 마력 엔진은 하나였지만 급격히 빨라진 속도는 좀비 와이번 무리에서 빠져나올 정도는 되었다.

"후우"

"빠져나온 건가."

신성이 한숨을 돌렸고 에르소나가 그런 말을 내뱉었다. 밖으로 튕겨 나갈 뻔했던 드워프가 엘프에게 안겨서 심호흡하고 있었다.

모두가 살짝 방심하는 순간이었다.

콰앙!!

비공정의 옆면에 무언가 부딪히더니 그대로 옆면에 커다란 구멍이 뚫렸다. 선체 자체가 녹아내리고 있었다.

뚫린 구멍으로 뒤를 바라보았다.

좀비 와이번의 무리를 뚫어버리며 다가오는 거대한 와이번이 있었다. 그것은 살과 가죽은 없었고 오로지 뼈와 마력으로만 구성되어 있었다.

"정예… 본 와이번."

조용히 울려 퍼진 에르소나의 목소리가 모두에게 절망을 가져다주었다.

본 와이번 세 마리가 빠른 속도로 비공정을 쫓으며 입에서 맹독성 액체를 뱉어냈다. 본 와이번의 속도는 비공정보다 빨랐다.

신성은 사르키오를 바라보았다.

"사르키오 님 조종을 부탁합니다!"

"아, 알겠습니다. 어떻게든 해보겠습니다."

조종법 따위는 몰랐지만, 상황이 상황이다 보니 사르키오가 조종대를 잡았다. 다른 마법사가 보조 수정구를 맡았다.

신성은 커다랗게 뚫린 구멍 앞에 서서 하늘을 헤엄쳐오듯 날아오는 본 와이번을 바라보았다.

바람이 신성의 몸을 때렸다. 엘프가 정령이 깃든 화살을 쏘고 있지만 본 와이번에게는 통하지 않았다. 62레벨에 달하고 있는 그야말로 하늘의 재앙이었다.

신성의 손에 마법진이 떠오른 순간 화염 화살들이 뿜어져 나갔다. 본 와이번의 날개가 흔들리더니 화염 화살들이 휘어지며 공중에서 터져 버렸다.

'역시……'

본 와이번의 항마력은 대단히 높은 수치였다. 일반적인 마법으로 잡으려면 시간이 걸릴 것 같았다. 그 전에 비공정은 추락할 것이다.

"어쩔 생각입니까!"

"비공정을 최대한 엄호하면서 비르딕으로 가! 저놈들은 내가 어떻게든 해볼게!"

"하지만 어떻게……?"

어떻게든 본 와이번을 처리하지 않는다면 비공정의 추락은 정해진 것과 다름없었다.

레벨은 신성이 훨씬 높았다. 신성은 70레벨에 이르고 있었고 반룡화 현신도 아직 남아 있었다. 본 와이번은 비정상적으로 높은 항마력 수치를 지니고 있지만 직접 물리적인 타격을 가한다면 어렵지 않게 잡을 수 있을 것이다. 문제는 이것이 공중전이라는 것이다. 반룡화 현신이 아니고서는 날 방법은 없었다.

고개를 돌려 주변을 바라보았다. 주변 하늘에서는 좀비 와이번 떼들이 하늘을 가득 메우고 있었다. 마치 먹구름을 보는 것 같았다. 그것들이 빠르게 다가오고 있었다.

'아직은 아니야. 지상과의 거리가 너무 멀어. 반룡화 현신을 한다고 해도 지상으로 도착하기 전에 풀릴 거야. 일단 최대한 버티면서 타이밍을 계산해야 해.'

반룡화 현신의 제약이 너무나 크게 다가왔다.

변수가 많은 이상 반룡화 현신은 최대한 아껴놓는 것이 중요했다.

그것은 신성이 가진 가장 강력한 무기였고 만에 하나 비공정이 추락한다면 반룡화 현신 이외에 구조 방법은 없었다. 그마저도 짧게 유지되는 시간 안에 이 인원 전부를 구할 수 있을지 의문이었고 나는 것에 익숙하지 않기에 빨리 날 수 있을지 그것도 의문이었다.

가장 좋은 일은 추락하지 않는 것이었다. 비공정을 최대한 지키면서 착륙시켜야 했다.

아직까지는 견딜만했다.

"막아! 어떻게든 수리해! 바닥을 뜯어서라도 막아야 해!"

"으아아!"

공구를 든 드워프들이 어떻게든 비공정을 수리하려고 애쓰고 있었다.

결단을 내릴 때가 되었다.

'날아다닐 수 있는 마법은 고위 써클 마법이었지. 배워놓을 걸 그랬나.'

그런 플라이조차 아주 천천히 날아오르는 것이 전부였다. 이런 상황에서는 그런 마법 따위는 없는 것과 마찬가지였다.

'젠장, 이런 공중전은 처음인데.'

후회해도 늦었다.

아르케디아 온라인에서 공중전은 오로지 비공정들의 영역이었다. 그러나 그 이상의 무언가를 해내야 했다.

신성은 본 와이번이 다가올 때까지 기다렸다. 어느 정도 거리가 좁혀지자 신성은 심호흡을 했다.

타앗!

그대로 마력을 일으키며 강하게 뛰었다.

비공정 방향으로 커다란 아가리를 벌리는 본 와이번을 향해 전력을 다해 점프한 것이다.

비르딕이 조그맣게 보일 정도로 높은 상공에서 행해진 일이었다.

신성의 몸이 뻗어갔다. 본 와이번의 크기는 대단히 커서 본 와이번의 벌린 입이 신성의 몸만 할 정도였다. 본 와이번의 벌어진 입이 신성을 낚아챘다. 날카로운 이빨이 신성의 몸을 물었지만 신성의 마력 스킨이 그것을 막아냈다.

으드득!

신성은 힘을 주어 본 와이번의 입을 벌렸다. 턱이 부서져 나가자 신성은 다급히 손을 뻗어 본 와이번의 두개골을 잡았다.

키에에에엑!

본 와이번의 소름 끼치는 울부짖음이 들려왔다. 신성이 자신의 머리 위에 올라타자 본 와이번은 공중을 마구 돌며 몸부림치기 시작했다.

신성은 본 와이번의 목뼈를 두 손으로 뜯어버렸다. 그리고 빠르게 검을 뽑아 본 와이번의 머리 중앙에 꽂아 넣었다. 검을 따라 화염의 오러가 터져 나갔다.

콰득!

본 와이번의 머리가 터져 버리며 몸이 흩어지기 시작했다. 신성은 바로 고개를 돌려 비공정을 향해 뻗어가는 다른 본 와이번을 바라보았다.

'내가 이런 미친 짓을 하다니…….'

사막에서 있었던 일은 양반이었다.

신성은 분해되기 시작한 본 와이번의 육체를 밟으며 점프했다. 본 와이번의 속도와 신성의 폭발적인 근력이 합쳐지며 빠르게 다른 본 와이번에게로 뻗어갔다.

그러나 중간부터 급격히 속도가 떨어지며 본 와이번이 점점 멀어지자 신성은 뒤를 향해 손을 뻗었다.

"파이어 웨이브! 파이어 웨이브! 파이어 웨이브!"

삼연발의 파이어 웨이브가 터져나가며 신성의 몸이 앞으로 튕겨 나갔다. 공중에서 마구 돌던 신성이 간신히 균형을 잡으며 손을 뻗어 본 와이번의 꼬리를 잡으려 했다.

'젠장!'

휘익!

꼬리가 흔들리며 아슬아슬하게 놓쳐 버렸다.

방법이 없었다.

신성이 이를 악물고 반룡화 현신을 하려는 순간 화살이 날아와 꼬리에 꽂혔다.

덥석!

꼬리에 박힌 화살을 잡아 간신히 본 와이번에 닿을 수 있었다. 멀리 있는 비공정에서 활을 들고 있는 에르소나가 보였다.

에르소나와 눈이 마주쳤다. 신성이 길게 숨을 내쉬고는 엄지를 치켜 올려주자 에르소나는 살짝 한숨을 내쉬었다. 갑자기 뛰어내린 신성 때문에 에르소나는 엄청 놀라 간이 떨어지기 직전이었다.

'이제 남은 건 두 마리……!'

신성은 손에 든 검을 입에 물었다. 그리고 본 와이번의 꼬리를 잡으며 본 와이번의 몸을 기어오르기 시작했다.

『드래곤 레이드』 5권에 계속…

이제부터 전자책은

이젠북

www.ezenbook.co.kr

새로운 세계가 열린다!

김재한『성운을 먹는 자』   철백『대무사』
니콜로『마왕의 게임』   가프『궁극의 쉐프』
이경영『그라니트:용들의 땅』 문용신『절대호위』
탁목조『일곱 번째 달의 무르무르』 천지무천『변혁 1990』
강성곤『메이저리거』   SOKIN『코더 이용호』

이름만 들어도 황홀할 정도의 별들의 향연!
이들의 "유료연재"가 시작됩니다!

검색창에 **이젠북**을 쳐보세요! ▼

초대형 24시 만화방

신간 100%, 샤워실, 흡연실, 수면실(침대석), 커플석, 세탁기 완비

▪ 시흥 정왕25시점 ▪

경기 시흥시 정왕동 1742-13 미스터피자 건물 5층
031) 319-5629

▪ 강북 노원역점 ▪

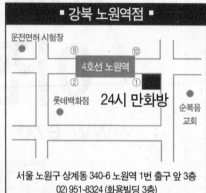

서울 노원구 상계동 340-6 노원역 1번 출구 앞 3층
02) 951-8324 (화용빌딩 3층)

▪ 일산 정발산역점 ▪

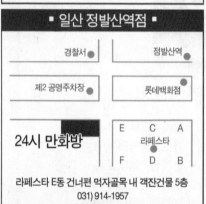

라페스타 E동 건너편 먹자골목 내 객잔건물 5층
031) 914-1957

▪ 일산 화정역점 ▪

경기도 고양시 덕양구 화정동 984번지 서일빌딩 7층
031) 979-4874 (서일사우나 건물 7층)

▪ 부천 역곡역점 ▪

역곡남부역 기업은행 건물 3층
032) 665-5525

▪ 부평역점 ▪

(구) 진선미 예식장 뒤 한신포차 건물 10층
032) 522-2871

이계진입
리로디드

임경배 퓨전 판타지 소설

FUSION FANTASTIC STORY

『권왕전생』 임경배의 2015년 신작!

『이계진입 리로디드』

왕의 심장이 불타 사라질 때,
현세의 운명을 초월한 존재가 이 땅에 강림하리라!

폭군으로부터 이세계를 구원한 지구인 소년 성시한.
부와 명예, 아름다운 연인…
해피엔딩으로 이야기는 끝인 줄 알았건만
그 대가는 지구로의 무참한 추방이었다.
그리고 10년 후……

"내가 돌아왔다! 이 개자식들아!"

한 번 세상을 구한 영웅의 이계 '재'진입 이야기!

Book Publishing CHUNGEORAM

유행이 아닌 자유추구 -
WWW. chungeoram.com

철순 장편소설

FUSION FANTASTIC STORY

괴물 포식자

지구 곳곳에 나타난 차원의 균열.
그것은 인류에게 종말을 고하는 신호탄이었다.

『괴물 포식자』

괴물을 먹어치우며 성장한 지구 최강의 사내, 신혁돈.
그는 자신의 힘을 두려워한 인류에 의해
인류의 배신자라는 낙인이 찍히고 죽게 되는데…

[잠식이 100%에 달했습니다.]
[히든 피스! 잠들어 있던 피닉스의 심장이 깨어납니다.]

불사의 괴물, 피닉스의 심장은
신혁돈을 15년 전으로 회귀하게 한다.

먹어라! 그리고 강해져라!
괴물 포식자 신혁돈의 전설이 시작된다!

Book Publishing CHUNGEORAM

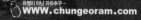

유행이 아닌 자유추구 -
WWW.chungeoram.com

GRAND SLAM 그랜드슬램

FUSION FANTASTIC STORY

자미소 장편소설

2016년의 대미를 장식할 최고의 스포츠 소설!!

Career record : 984W 26L
Career titles : 95
Highest ranking : No.1(387weeks)
Grand Slam Singles results : 23W
Paralympic medal record : Singles Gold(2012, 2016)

약 십 년여를 세계 최고로 군림한 천재 테니스 선수.
경기 내내 그의 몸을 지탱하고 있는 것은…… 휠체어였다.

『그랜드슬램』

휠체어 테니스계의 신, 이영석(32).
그는 정상의 자리에서도 끝없는 갈망에 사로잡혀 있었다.

"걷고 싶다, 뛰고 싶다. …날고 싶다!!"

뛸 수 없던 천재 테니스 선수
그에게, 날개가 달렸다!!!

Book Publishing CHUNGEORAM

유행이 아닌 자유추구 -
WWW.chungeoram.com

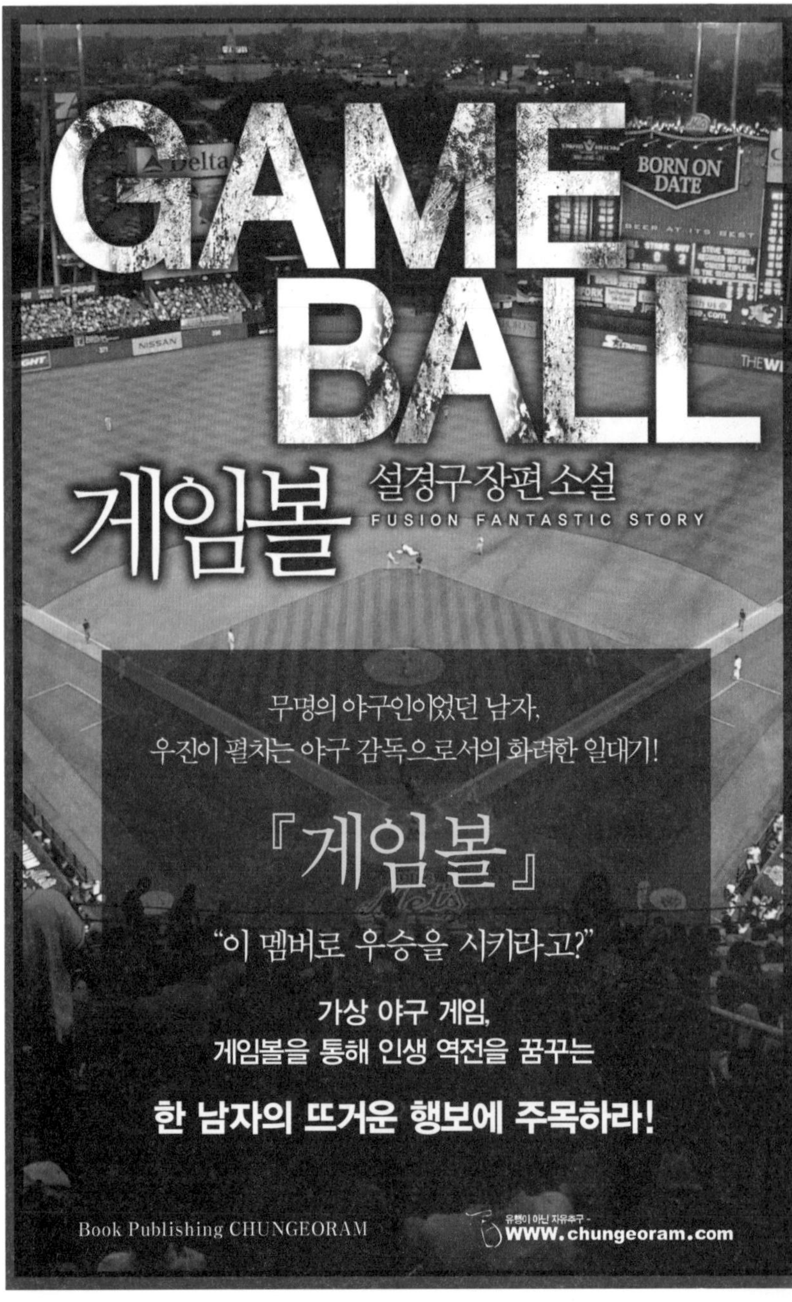
GAME
BALL
게임볼
설경구 장편 소설
FUSION FANTASTIC STORY
무명의 야구인이었던 남자,
우진이 펼치는 야구 감독으로서의 화려한 일대기!
『게임볼』
"이 멤버로 우승을 시키라고?"
가상 야구 게임,
게임볼을 통해 인생 역전을 꿈꾸는
한 남자의 뜨거운 행보에 주목하라!
Book Publishing CHUNGEORAM
유행이 아닌 자유추구 -
WWW.chungeoram.com